SHANGHAI LITERA

MW01246034

醒世故事

上海锦绣文章出版社
上海故事会文化传媒有限公司

上海文艺出版（集团）有限公司

图书在版编目（CIP）数据

醒世故事 《故事会》编辑部编 – 上海：上海锦绣文章出版社
（故事会精品系列） ISBN 978-7-5452-0048-5

Ⅰ.①醒…Ⅱ.①故…Ⅲ.故事－作品集－世界 Ⅳ.I14

中国版本图书馆 CIP 数据核字（2008）第 059163 号

丛 书 名：故事会精品系列

书 名：醒世故事

主 编：何承伟

编 委：何承伟 吴 伦 姚自豪 夏一鸣

责任编辑：刘迎曦 鲍 放

装帧设计：王 伟

责任督印：张 凯

出 版： 上海锦绣文章出版社

上海故事会文化传媒有限公司

POD 海外发行： 中国图书进出口上海公司

电话：021-36357888

传真：021-36357896

地址：上海市虹口区广中路 88 号

邮编：200083

目　录

道德世界

人生舞台

家 里 家 外

　　家庭是社会的核心。和睦的家庭空气是世上的一种花朵，没有东西比它更温柔，没有东西比它更适宜于把一家人的天性培养得坚强、正直。

小姑出嫁泪花流

　　古运河畔有个弯里村，住在村尾的月梅下个月就要出嫁了，可这几天还在嘴翘鼻子高的阴沉着脸不出房门。其实，月梅生气的原因很简单，为了娘手里那只祖传的金镯子。月梅听村里的婆姨们说起，娘以前曾对人说过，往后女儿、媳妇谁好，这只镯子就给谁。眼下自己就要嫁人了，娘却对此事只字不提，这不是明摆着镯子要给嫂子美芳了嘛！加上自己的未婚夫史俊玉生来是个近视眼，不戴眼镜迈不得步，当初看他脾气好，如今细想想，自己好端端的，却要去嫁给鱼鼓眼似的小伙子，心中的失落感更沉了。

　　这天，月梅正好一个人在家，史俊玉轻手轻脚推门进来，把手里的黑皮包朝茶几上一搁，亲亲热热喊了声："月梅!"月梅板起面孔，"啪"给了他一个大冷背，说："看你长的那眼睛，隔夜饭都要呕出来了。哼，我真是倒了八辈子霉了，会碰上你这个丢在路边没人要的'臭猪头'！"

听着这种刺心话，史俊玉只觉得浑身像被冰水浇过似的，从头冷到了脚。他脾气再好，总也有男子汉的自尊心吧，一气之下就与月梅顶了起来。这一来月梅更加发作了，把史俊玉赶出房间不算，还气呼呼地把他的那只黑皮包也从窗口扔了出去，说是要与他一刀两断。

史俊玉正在气头上，哪里还想到黑皮包，回到家里就蒙头大睡，一直到傍晚他爹收工回来，问他镯子买了没有，他才突然想起，买镯子的钱放在黑皮包里，那包还在月梅的房间里。爹看他神色不对，也没追问，只是劝道："男子汉大丈夫，何必与女人家一般见识？明天你去给月梅赔个不是，都要做夫妻了，你就多让着点。"史俊玉听着也没吱声，想了一夜，总是这个理吧，于是第二天又去了月梅家。

月梅正坐在沙发上织毛衣，心里想着昨天对史俊玉的态度是有点过分，今天见他又上门来，倒也有点不好意思，一时愣在那里，不知说啥好。史俊玉进门一看月梅这个神情，心里暗暗高兴，说："月梅，今天不生我的气了吧，你快把那黑皮包拿出来，咱们一块儿进城去买镯子。"

月梅一愣："黑皮包我昨天不是从窗口扔给你了？"史俊玉以为她开玩笑哩，直言道："我经常惹你生气，可我爹早把你看成宝贝疙瘩呢，那包里的六千块钱，是我爹给你买金手镯的……"

月梅见史俊玉说得真切，脸色顿时就白了。史俊玉一看月梅这样子，脑子里立刻"嗡嗡"作响，别转身就朝楼下奔，月梅紧跟着也奔下楼，可是找来找去，哪里还有黑皮包的影子。两个人回到房里，面面相觑。就在这当儿，嫂子美芳上楼来，猛见他俩靠得这么近，还误以为他们正亲热哩，羞得立刻返转身逃下楼去。

史俊玉一时无语,心里却愁肠百结,爹拿出这点钱容易吗?回去怎么向爹交代? 他再没心思呆下去了,便告辞离去。空落落的房间里,只留下月梅一个人,她想前想后:这包会落在谁的手里呢? 如果真被人捡到,村里咋没有丝毫风声? 对了,刚才嫂子鬼似的逃下楼去,会不会是她做贼心虚? 联想到娘心里只有嫂子没有自己,委屈、怨恨、嫉妒之火一齐燃上心头,鼻子一酸,就"呜呜呜"地哭了起来。

哭了一阵,月梅听到楼下传来一阵脚步声,知道是娘和哥哥兴泉回来了,索性号啕大哭起来。她娘还以为家里出了什么事,一问,月梅瞪着眼说:"俊玉昨天带来六千元钱,放在黑皮包里,是他爹给我买镯子的。我明明把包从窗里丢给他了,他怎么会没拿到? 不是美芳,还有谁会拿走?"

"你胡说!"兴泉一听月梅这话,就跳了起来,"屎难吃,贼难冤,你嫂子绝对不是这号人,你别乱咬人!"

月梅不怕她哥,冲上一步说:"你不要有了老婆就丢了阿妹。你们不为我作主,那我就当尼姑,一辈子不出嫁!"

几句绝话,把娘说得又心痛又发急,眼泪止不住地往下掉。兴泉气得青筋暴绽,指着月梅的鼻子吼道:"闭住你的臭嘴! 家里人谁欺负你啦? 要是美芳真做了这种丑事,当着你的面,我掐断她十个手指头;要是她平白无故受了你的冤屈,当着老娘的面,我撕豁你的嘴巴子!"一家三口都拉长了脸,空气顿时紧张起来。

这时候日头已经偏西,美芳正在村外小溪边的自留地里翻地种菜,忽见邻居阿花气喘吁吁跑来,把月梅跟兴泉吵架的事儿学说了一遍。美芳一听,心就"卜卜"乱跳:月梅为什么平白无故会说是我拿了这个包呢? 虽说苍天有眼,做嫂子的是善是恶可以让岁月作证,但眼下当务之急是一定要先把这场风波压住,让月梅顺顺当当下个月办完婚事再说。她听兴泉说起过,婆婆三十岁上就守了寡,操持这个家不容易,宁愿委屈自己,也不能再让婆婆伤心了！美芳思忖片刻，与邻居悄悄耳语了几句，然后两个人便一齐往家里赶。

再说此刻，月梅家里，月梅娘躲在灶前止不住地抹眼泪，月梅干脆回自己房里，躺在床上蒙着被子生闷气，只有兴泉，阴沉着脸坐在堂屋里，专等美芳回来。

美芳早已有了准备，所以一进门就径直走到兴泉面前，"呼"地把十个手指头往他面前一伸，说："兴泉，听说你要掐断我十个手指头，现在你去拿把刀子来，齐刷刷一刀斩了去吧，省得一个一个地掐！"

美芳先发制人，兴泉不由愣了。待回过神来，正要发作，美芳竟"扑哧"一笑，点着兴泉的额头说："看你堂堂七尺男子汉，却是莽夫一个！钱不全都好端端地在我口袋里吗？要你瞎急点啥？"

兴泉吃惊地问："你果真拿了这钱？"美芳摇摇头，说："兴泉，我们朋友谈了两年，结婚也已半年多了，难道你还不了解我？只是我不想让娘伤心，让娘为难。"她一边从口袋里摸出六千元钱，一边把自己心里的想法原原本本给兴泉说了一遍。这六千元，还是她刚才从阿花家借来的呢！

可是兴泉的心里依旧不平，火爆爆地说："你别死人肚里活鬼出，既然不关你的事，何必找盆脏水往自己头上泼？"美芳劝他道："亏你做阿哥的说出这种话来。眼下啥时候了？你得替娘想想。告诉你，这盆脏水必得先在自己头上泼了再说。你要掐断我手指头，让月梅嫁出了门再掐也不迟；你要撕豁阿妹的嘴巴子，阎王爷没让你生这个胆！"说罢，美芳撇下兴泉去了楼上。

美芳走进月梅房间，推推被窝里的月梅，哄着说："月梅，阿嫂来向你赔不是哩！这包是我拾到的，我根本没想到会是自己家里人丢的，正琢磨着要送村主任那儿去哩……""你说啥？"美芳话还没说完，月梅已经从被窝里探出半个身子。

美芳苦苦一笑，把手里的六千元钱往月梅跟前一伸，压低嗓门说:"月梅,我实在过意不去,别的先莫管,你把钱拿去放好!"

月梅不知底里,自然不会领情。她坐起来,接过钱,迫不及待地问:"那只黑皮包呢?"美芳心里一怔:这个漏洞事先没考虑到呀!不过她脑子还算转得快,不动声色地回答说:"那包被隔壁阿花借去上街买东西了。钱在,那包就是丢了也无所谓呀!"月梅求钱心切,于是对一切都信以为真。

美芳见月梅平静下来了,便笑吟吟地说:"月梅,我想问你一句话,问错了可别动气。你咋会猜准是我拾了你的皮包?"月梅一阵脸红,吞吞吐吐地说:"昨天我看你慌慌张张地下楼,今天俊玉说没见包,我自然就想到了你。"

美芳一听,朗声笑了:"我急着下楼,是以为你们在亲热哩!月梅,"美芳抚着月梅的肩说,"其实,你嫂子我是个爽快人,我们隔家不隔心,往后你对我有什么不顺心的地方,只管直说,说重说轻我绝不见气。不过,有些话我想在你出嫁之前该说个明白了。你一直以为娘手里有金镯子留给我,其实这是云里雾里的事。我听娘说过,她有一次与村里婆妈们外出烧香,路上闲扯时说,假如手里有祖传下来的金镯子,往后女儿和媳妇谁好就留给谁。结果听的人把'假如'两个字抠了,在村里传来传去,假的就变成真的了。所以,你信我嫂子的话,以后就不要再把这事儿放在心上了。还有,你听我嫂子一句劝:对俊玉千万不要再挑三剔四伤他的心了。俊玉长得是不怎么样,但这是阎王爷的派相,爹娘的生相。看人么,要看心,相差点有啥关系呢?他人好啊!"月梅愣愣地听着,不知不觉,眼眶里渗出两滴晶莹的泪珠。美芳说了一番贴心话之后,就忙着下楼去做晚饭了。

正在这时,只见史俊玉兴冲冲踏进门来,喜滋滋地说:"月梅,我们的钱没丢呀,好端端放在家里哪!"他告诉月梅,原来家里有两只一模一样的黑皮包,昨天他来得匆忙,搞错了。

"你说什么?"月梅一脸愕然,"那刚才嫂子给我的钱又是怎么回事?"

正当这时,娘又在楼下喊开了:"月梅,你和俊玉快下楼来。"兴泉还催了一句:"快点,快点!"

堂屋里,乡派出所所长和邻居阿花正坐在桌旁。所长说,昨天下午,住在邻村的美芳她妈正巧到村里来办事,顺道想拐进女儿家看看,走到楼墙下,冷不防发现地上有一只黑皮包,打开一看,里面竟有一大叠钱,美芳妈便立即将包送到乡派出所。可是真不巧,所长到区里开会,值班的民警临时被抽下去处埋事务,所以美芳妈今天一早才把黑皮包交到所长手里。"失物招领启事"稿已送乡广播站,正碰上美芳让阿花直接向所长报案,于是所长便跟着阿花亲自上门来物归原主。

这时,月梅家门口聚集了好多乡邻,正在大家啧啧称道美芳妈拾金不昧时,史俊玉激动地把黑皮包拿了过去,抬高嗓门说:"太谢谢啦,真是老天有眼啊,想不到这包会落在自己人手里!"月梅一个箭步冲过来,阻止他道:"慢来,做事不能再瞎胡闹,你刚才不是对我说拎错了包,钱没丢吗?"史俊玉啼笑皆非,说:"月梅啊,钱包是确确实实丢的,回去后我被爹痛骂了一顿。不过他不只是心疼钱,更怕会伤了你们一家人的和气,也怕因此误了我们的婚姻大事,所以他又凑了六千元钱,还让我编假话来哄你。"

"这……"月梅将信将疑地把眼光直往美芳脸上扫,站在一边的阿花再也忍不住了,便把美芳手里的钱从何而来说了个明白。

众多人的场合,刚才还叽叽喳喳的,一刹那却静了下来。月梅拉着美芳的手,羞愧的泪水夺眶而出……

（陆柏树）

（**题图**:黄全昌）

老王家的懒猫

　　在这条街上有一只很有名气的猫,它比街上一个大款的那条德国牧羊犬有名多了,虽然这只杂毛懒猫讨人嫌,但它并不是一只野猫,它的主人是老王。

　　老王今年五十二岁,为人老实,在一个厂里当技术员。十年前他死了老婆,至今都没再婚,那只懒猫就是老王在老婆死后喂养的。

　　老王的儿子叫家宝,从小百依百顺,可家宝一点都不争气,初中还凑合,到了高中,学习是一塌糊涂。还好,老王有个亲戚是市卫生局的局长,四年前家宝高中毕业时,那亲戚使出浑身解数,总算在省医学院给家宝争取到了一个走读生的名额,老王这才长长地吐了一口气:不管咋说,家宝总算是个大学生了。

四年的时间一转眼就过去了，这不，今年六月底，家宝上完了大学从省城回来了。

回来的当天晚上，说到分配的事时家宝才知道，他爸的那个亲戚，早在三个月前就调到邻市当卫生局长去啦！这一下，把个家宝气得当即就摔了一个热水瓶，他跺着脚质问老王为啥不早点说。老王让家宝逼得没法，只得在第二天下午硬着头皮去找自己的老同学——市人民医院的刘院长。

老王从刘院长家回来的时候天都快黑了，那只懒猫被堵在屋门外，正可怜兮兮地用爪子挠门，屋里传出震耳欲聋的音响。

老王推开门，家宝正窝在沙发上看新买的VCD，老王见儿子工作还没着落就大手大脚地乱花钱，不觉皱了一下眉头："你把声音开小点儿，隔壁的小亮正忙着复习考大学呢！"

"考大学有啥意思？想弄个毕业文凭还不简单？马路边的电线杆上都是代办文凭的广告，听说也就是千把块钱一个。"他见老王气得直瞪眼，便说："好啦老爸，你快说，刘院长咋说？"

老王告诉儿子：人民医院正需要外科方面的专门人才，但刘院长说了，在正式接收之前，必须先到他们那里实习三个月，并要成功地完成几例断肢再植手术。

家宝一听火冒三丈："什么？必须先实习三个月？我堂堂医学院本科毕业，这不是明摆着刁难人吗？"

正说着，家宝的手机响了，"嗯……小丽！好好，我马上就到！"家宝关上手机，冲老王一伸手："老爸，先赞助两百元，你未来的儿媳妇约我去看电影。"

"一百！"老王恼火地把钞票扔过去，"不挣一个钱还玩手机，穷烧！"

家宝拿着钱急急忙忙地出了家门，老王呆坐在沙发上，怀里抱着"呼噜呼噜"大睡的懒猫，心里是千般愁肠，万种滋味。唉，这个家宝啊，眼下总算是顺顺当当地读完了四年大学，拿回了毕业证,而且成绩单上每一门功课都在 80 分以上,特别是断肢再植专业的课程竟然考到了 92 分,真叫自己欣慰,想到这里,老王的心酸酸的,眼睛也湿了。只是,这么些年来,家宝花钱大手大脚的毛病一点都没改,四年大学几乎花完了他老王大半生的积蓄,如今,毕业分配这一关,还要用钱啊……

两天后,老王便领着家宝去医院实习……

自打家宝去实习,老王每天都要细细盘问家宝在医院里的事,而家宝却总是满脸不耐烦,抱怨工作无聊,缠着老王给刘院长送礼,巴望早点结束自己实习生的身份。对此,老王很恼火,但又无可奈何。

两个多月过去了,这天上午,因为厂里没活儿可干,老王便直接上医院去看儿子。到外科一问,有个护士说家宝和一个女孩子出去玩了。外科主任很失望地告诉老王:因为刘院长一再关照,说家宝是高材生,叫科里多给他实习的机会,所以,曾经有两个断掉手指的病人来就诊,科里都让家宝处理,可家宝却说这是小手术,不愿意动手,他非要做断胳膊断腿的大手术。主任要老王回去好好劝劝家宝,要是再这样下去,恐怕对他的工作分配有影响。

老王头都气大了,一到家就把家宝堵在屋里好一顿训,但家宝满不在乎地说:"老爸,那种小手术我毕业前实习时就做过十几例啦,再做还有啥意思?我一再催你去给刘院长送礼,可你就是送不出去!你们是老同学,你去,他当然不好意思收,你就不能托个中间人?"

"别说啦,刘院长不是那号人!我实话给你说,我们厂里没活干啦,我眼看就要下岗啦!到那个时候,别说送礼,咱爷俩儿连生活都成问题!要是你不能靠自己的本事到医院工作,我这个当爸的也没办法。我是无所谓,都五十多啦,你还年轻,还有奔头,可你要是不好好实习,还能有个奔头吗?"老王再也说不下去了,老泪纵横……

家宝傻了,头一勾,不吭气了。

那只懒猫蹲在沙发上,冲着家宝又是弓腰又是探爪。

又熬了半个月,在离中秋节还有十来天的时候,老王的那个厂子终于倒闭了,接到下岗通知的当天晚上,为省钱已经几个月没沾酒的老王一仰脖灌了七八两白酒,踉踉跄跄地直奔刘院长家,一见刘院长就呜呜地哭上了:"老同学,我下岗了,你看家宝的事儿咋办哪?"

刘院长同情而又为难地说:"家宝都快实习三个月了,听他们科主任讲,他做事浮滑得很,多次给他实习的机会他都不屑一顾,就算他真有本事,我也没法帮他呀!"

老王无言以对。

刘院长拍了拍老王的肩:"老同学,咱们不是外人,有一件事我必须给你说。前天,卫生局的陈副局长给我打了个电话,说他有一个亲戚,学的也是断肢再植,想到我们医院实习。说是实习,实际上还不是想分到我们医院? 所以,要是家宝迟迟不能用事实证明他的医术的话……"

老王一听这话,脊梁骨上顿时起了一股凉意,他差一点要给刘院长磕头作揖了:"我的老同学呀! 无论如何你也要再给家宝一次机会啊!"

看着老王可怜兮兮的样子,刘院长的心软了,他叹了口气,说:"唉,好吧,只要他能在最近一段时间里做一次成功的再植手术,哪怕接上一个断指头,我就同意接收他!"

"谢谢,谢谢!"

老王回到家,家宝正闷着头抽烟,一见老王回来,立刻哭丧着脸说:"老爸,快想办法吧,小丽刚才说,要是我二十天之内分不进医院,她就要和我分手啦!"

老王见儿子一副窝囊相,又气又心疼,说:"刚才刘院长说了,只要你在最近几天里能接上一个断手指头,他就同意接收你。这下放心了吧?"

"接手指头? 这……这手术也太小了吧?"

老王一拳砸到桌子上,像怒目金刚一般地吼道:"再小,也得给我做!"

家宝一副委屈相,撅着嘴说:"做! 做! 你以为天天都有人断手指头!"

"你……你……"乍听儿子这么说,老王气得话都说不囫囵了,不过静下心来一想,儿子说得对呀,这手指头可不是说断就断的,医院十天半月里还不定能碰上一例。可儿子的事耽搁不起呀! 想到这里,老王转身奔进厨房,操着一把亮晃晃的菜刀冲到了家宝跟前!

"老爸! 你要干什么?"家宝惊恐万状,直往方桌后面躲。

"家宝呀家宝,无论如何爹都要对得起你呀!"老王一咬牙,手起刀落,"嚓——"鲜血飞溅处,老王的左手食指应声落下!

"爸!"家宝一声惨叫,"扑通"跪倒,"爸呀,我对不起你! 我……我根本不会做那种手术呀!"

"什么?"老王怒目圆睁,身子摇摇晃晃,"你……你……你那四年大学都白上了吗?"

家宝趴在地上,痛哭流涕:"我……我不该仗着爸的亲戚是卫生局长就随便逃学啊,我……我去年就被学校开除啦!"

老王缓缓地瘫倒在地上,任手指鲜血淋漓:"那……那你的毕业证……"

"是假的——是我买的……"家宝一声长嚎,猛地操起地上的菜刀,"嚓"剁下了自己的左手食指,而就在这时,一个黑影"嗖"地从窗口窜进了屋里……

当夜,人民医院住进了两个断指病人——不用说,是老王和他的儿子家宝……

老王的断指手术做得很成功,刘院长说绝对可以植活;至于家宝的断指,恐怕连神仙都没法接了——当时家宝悔恨至极剁下了自己的左手食指,谁知手指刚落地,就让刚回到家的懒猫给叼走了,闻讯前来帮忙的邻居怎么找也找不到……

老王家的那只懒猫样样都懒,可偏偏这回手勤脚快的,眼睛一眨,就把家宝的手指头给叼走了!或许这正是上苍在冥冥之中给家宝这个不肖之子的惩戒?

现在嘛,这条街上做父母的,每当教育儿女时总会提起老王家的那只懒猫……

(许铭君)

(**题图:魏忠善**)

谁动了局长的纽扣

　　八月十五中秋节的中午,唐局长被一帮人拖去喝酒,一直喝到下午一点多钟才散。他突然想起乡下的娘来:娘早年守寡,一把屎一把尿把自己拉扯大,如今却不愿来县城过清闲日子。唐局长看了看车后厢,那里面塞满了关系户送的烟酒糖茶加月饼,正好回老家一趟,孝敬一下娘。想到此,他往轿车里一钻,对司机小张说:"回老家——蚂蚱岭!"

　　说是乡下,其实离县城也不过几十里的路。小张去过两次,因此轻车熟路,一会儿工夫就进了山区,车子一颠一颠的,唐局长只感到胃里的五粮液"波涛汹涌",头脑渐渐不听使唤,慢慢地睡了过去。不到一个小时,车停在了唐局长老家门口,小张扶他下来时,唐局长神志已有些模糊不清,他挥挥手,说:"去,先开个房间,我睡一会,再回局里开会!"

唐局长的娘见儿子回来了,高兴得急忙从炕上下来,又见儿子喝得不省人事,好一阵揪心的疼:"儿啊,你不要命了?快躺下。"小张已是司空见惯了,忙安慰老人:"不要紧的,唐局长喝得不算多,他睡一会就好了!"

看着炕上的儿子,老人是既高兴又有些心乱。高兴的是,儿子醉得不轻,再也不能像以前那样,前脚来后脚走了,中秋夜能让娘多看几眼;心乱的是,儿子的脸被酒精烧得通红,渗出细密的汗珠,身子扭曲着,显然十分痛苦。都说当官好,这当官有什么好呀!老人一边看着儿子,一边抱怨着……

大概过了一个多小时,突然一阵急促的手机铃声响起,唐局长终于醒了,他睁开眼,"啊"地一声坐了起来,叫道:"娘,你来了?"老人不由笑道:"儿啊,是你回家来了!"

唐局长一听,"咕噜"从炕上跳下来,打开手机,接了电话,才说了几句,声音就低了下来。然后一边穿好衣服朝外走,一边叫道:"娘,我有急事,先走了,过两天再回来看你!"说完,不待娘再说什么,人已走出了院子。

不一会,轿车爬过一道山梁,唐局长的手机又响了,一接,是情人丽丽。电话里,她的声音虽然娇滴滴的,却夹着一股怒气:"你这该死的,怎么总关机呀!说好的今天你过来陪我,却让我等了一个下午。你一点也不把人家放在心上嘛!"唐局长支支吾吾道:"我到乡下真的是有事嘛,我还骗你不成?"电话那边仍是不依不饶:"有事?怕不是在乡下又有个相好的吧……"唐局长有些不快,说:"我马上就过去还不行吗?"说着一关手机,对小张说:"把我送到海景花园小区,你回家过节吧,不用再回来接我了!"小张点了点头,把车开到了海景花园。

下了车,唐局长轻车熟路直奔丽丽的住处,敲了敲门,却没一点声音,唐局长掏出钥匙,打开了门,叫道:"丽丽,丽丽?"房间里静悄悄悄的，没一点声音，唐局长有点迟疑，这时候，猛然从门后蹿出一个人来，一把抱住唐局长，把唐局长吓了一跳，回头一看，正是丽丽。

丽丽嘻嘻娇笑着："让你不来陪我！吓死你！"看得出，丽丽今天在打扮上没少下工夫，浑身上下洋溢着女性的妩媚，让唐局长怦然心动，不禁回身抱住了她，两个人滚在了一起。

两人玩累了，沉沉睡去，睡得正香，唐局长的手机响了，是老婆阿芳打来的。阿芳可是个厉害角色，她在电话里吼道："你这死鬼又蹿到哪去了？"唐局长条件反射地直起身来，轻声轻气地说："和几个朋友在应酬嘛！""应酬，应酬！"阿芳继续吼道，"今儿可是中秋节，谁不回家吃个团圆饭？就你忙，就你能啊，有种的你就永远别回来！"说完，"啪"的一声把电话挂了。唐局长愣了一下，心想：真是昏了头，这中秋节怎么也得"外面彩旗飘飘，家中红旗不倒"，否则又要摆不平了。他爬起来，想悄悄地溜走。想不到丽丽早醒了，她嘀咕道："你不是说最爱的人是我么？哼，虚情假意！""好了，好了！"唐局长回身想亲她一下，却被她躲开了。唐局长也假装生气，说："你还要不要那条钻石项链？""真的？你答应给我买了？"丽丽高兴得从被窝里跳了出来，搂住唐局长的脖子。"只要你听话！"唐局长安抚好丽丽，从海景花园出来，打了一辆出租车，匆匆向家中赶去。

回到家时，天已经完全黑了。此时，儿子小宝正在做功课，阿芳已经把菜做好了，正准备下饺子，见到丈夫哼了一声，说："不打电话给你，就不知道回来呀？""没办法，忙呀！"唐局长苦笑着，脱下外面的衣服，递给妻子。

阿芳接了衣服，正准备转身，突然她的眼睛直了，好半天才大吼一声："你？你这不要脸的！你说，你这挨千刀的，今天跑哪里混去了？"唐局长一愣，忙掩饰道："没有呀？我陪县上几个领导打麻将呢！""哼！"阿芳恨得咬牙切齿，"打麻将，能把你的纽扣钉上去？说，是哪个狐狸精给你钉的？""纽扣？什么纽扣？"唐局长有些摸不清头脑。阿芳冷笑一声:"今天早晨,我明明看到你衣服上的第四个纽扣掉了,我没来得及给你钉上去,想不到一天不到,就有人帮你钉上了!"唐局长的脑袋"嗡"的一下,这个丽丽真是没事闲得慌,竟趁自己睡觉时把衣服的纽扣给钉上了,这不是弄巧成拙吗?唐局长心中有鬼,说话不禁有些支吾。阿芳见状,越发怀疑了,上前一把抓住丈夫,哭叫道:"你倒是说呀!"

唐局长一时不知该如何解释,一急,就把阿芳往外一推,阿芳站立不住,"扑通"坐在了地上,吓得小宝哇哇大哭。"好哇,你在外面养狐狸精,回家打起老婆来了!"阿芳边叫边跳起来,和唐局长扭斗在一起。阿芳的老爸在县上有些权势,她一向没太把唐局长这个正科级小官放在眼里。

这时,电话铃响了,两人谁也没有理会,继续撕扯着。谁知,这电话铃却没完没了的响个不停,阿芳怕有什么事,只得快快松开了手,跑过去接电话。

电话是唐局长娘打来的,老人在电话中告诉儿媳妇,要看住自己的丈夫,少让他喝酒。又告诉儿媳妇,儿子今天回来了,她发现衣服上一个纽扣没了,就给儿子钉了一个,尽管大小一样,但是颜色有些不同。儿子是一局之长,衣帽穿戴很重要,嘱咐儿媳有空给他换过来。阿芳一听,这才明白纽扣原来是老娘给他钉上去的,不禁松了口气,态度也变了,对唐局长说:"看你能的,我什么时候不让你回家看你娘了?娘给儿子钉纽扣有啥不好意思说的?"

"爸爸,你踩了我的作业本!"小宝见"战争"平息,就过来捡刚才被父母撞落的作业本。唐局长一阵尴尬,帮儿子拿起脚下的作业本,拍拍上面的污渍,不由得愣了,儿子的作业本上面写的是孟郊的诗:"慈母手中线,游子身上衣,临行密密缝,意恐迟迟归。"

(于永军)

(题图:刘斌昆)

外面的世界

　　身材矮小的吴可从小就是个孤儿,当年是一个修自行车的老汉收养了他,老汉死的时候吴可已经二十六七了,于是就做了修车铺的铺主,后来又找了个乡下姑娘成了家。这乡下姑娘叫张翠兰,长得柳眉杏眼,身材高挑,与吴可站在一起一点不般配,但吴可是手艺人,又经营着个小铺子,所以左邻右舍都认为他们这个婚姻是双方各得其所。

　　结婚后,小两口夫唱妇随,一年后又有了一双儿女,小日子过得挺滋润。没承想后来地方经济不景气,修车铺生意不好,两口子见周围不少人都出去打工闯天下,不觉也动了心,于是就把一双儿女寄养到外婆家里,两个人加入了进城打工的队伍。

　　外面的世界不去不知道,一去才发现打工哪有这么简单,小两口满世界地跑,找了一个月工作都没有着落。他们嫌回去丢脸,万般无奈之下只好靠拾垃圾度日。其实在城里,就是拾垃圾也大有学问,真正规规矩矩地拾,混个日子都难,而那些发了财的,往往都是连拾带偷地干。伙内人都知道,偷的最好去处就是那些建筑工地,只要偷上一根钢筋,转手就可以卖个百八十元。发财谁不想?可吴可和张翠兰都是本分人,没敢起那贼心,所以虽说拾了几个月的垃圾,可非但没挣到什么,反而把出来时带的钱都差不多花光了。

有一天,吴可终于按捺不住了:这样的日子什么时候是个头哇,还不如不出来呢!既然人家能干,咱们为什么不能干?咱不去拿,那东西不也被人家拿走吗?想到这里,他揣着一颗"噗噗"乱跳的心,便假装到建筑工地上去转悠,想找个机会好下手。哪知刚在工地上转了两圈,八字还没一撇呢,突然冒出几个彪形大汉,一把抓住他,把他拉到一个黑屋子里,不由分说就是一顿暴打。吴可生性胆小,这阵势自然把他吓得魂不附体。

消息传到张翠兰那里,张翠兰吓得腿骨也软了,一路哭着到工地上来找人。满脸横肉的包工头看到张翠兰,淫笑着对吴可说:"他妈的,你小子艳福不浅嘛,自己长得猴儿样一个,找的老婆倒是靓!"张翠兰哭着说:"我老公是本分人,他哪敢偷你们东西啊!""他是本分人?"包工头阴笑着说,"我们这儿刚丢了一千多元的东西,不是他偷还会是谁?今天看在你靓妹的份上,你要是把钱赔出来,我们就放你老公走人;要是拿不出钱,嘿嘿……"

张翠兰一听要赔钱,急得就差朝他们跪下了,苦苦哀求说:"我们哪还有钱啊,带出来的钱也都用得差不多了啊!"包工头围着张翠兰转了两圈,一脸坏笑地看着她,说:"没钱也行,你留在这儿给我们做三天饭,算是给你老公抵账!"小两口没有办法,只好答应。

吴可被放了回来,可他这心哪放得下,眼前老晃着包工头的身影。第二天一早，吴可就急不可待地到工地上去找老婆，可不但没见着，一个小工头还捏着鼻子对他说："你老婆正跟我们老板享福呢，你想去打搅他们的好事？"吴可一听大惊失色，赖在工地上怎么也不肯走，非要把老婆带回家不可。可整整等了一天，包工头也好，老婆也好，就是不见踪影。

吴可愣神儿了，心里把自己骂了一千遍都不止：谁让自己贼迷心窍跑到工地上来呢？现在怎么办，眼看着要闯大祸了呀！一连三天，吴可天天在工地上转，急得口干舌燥，眼冒金星，鼻子出血，可老婆就是半点音讯都没有。

半个月之后，那天，吴可正一个人在屋里发愣，突然，他老婆悄无声息地回来了，吴可一把抓住老婆的手不肯放，老婆却硬把他推开了。老婆塞给他一匝钱，轻声说："你回去吧。"吴可问："你什么意思？"老婆哽咽着什么话也不说，一转身头也不回地走了。吴可愣了半晌，把钱撒得遍地都是，蹲在地上嚎哭起来。

后来，一起出来的几个同乡知道了这事，劝吴可说："你想开点，眼下这世道，哪个女人不向往花花世界呢？你还是拿了这钱回去，好好照顾两个孩子吧，说不定过几年她在外面过腻了，还要回来的。"没办法，吴可只好伤心地回家。

可是回家的日子也不好过呀，左邻右舍流言四起，有的说吴可老婆在外面当三陪，有的说吴可老婆傍了大老板，吴可还得了卖身钱，吴可走到哪里，都有人指指点点。丈母娘也恨吴可这个女婿，好像女儿在外面坏了名声，全是吴可的错。吴可自己呢，承受旁人冷嘲热讽不说，失去了老婆，白天没人洗衣做饭，晚上没人暖床说话，一双儿女年幼无知，只会哭着喊"妈"。

日子实在过不下去了。这天，吴可把一双儿女送到丈母娘家，说是自己要去城里把老婆找回来。丈母娘眼看着女儿原本和美的家如今败落到这个地步，对吴可真是又气又同情，再说女儿再怎么没出息，总是老人心里的牵挂，所以叹气过后也就催吴可快快上路。

这一去，吴可就去了十多天，丈母娘天天在家扳着指头算日子，没想到吴可最后还是空着两手回来了，据说不但没见到老婆，就连她的什么消息都打探不到。吴可跺着脚对丈母娘说："我以后再也不会去找她了！"

可是令所有人都万万想不到的是，就在吴可回来不久，他老婆张翠兰却被人送回来了。原来张翠兰在城里遭劫，被歹徒打成重伤，身子躺在床上，动也不能动，包工头看她这副样子，立马就把她甩了。

张翠兰虽然卧床不起，但在吴可的眼里，他却觉得老婆回来了，这个家就有了往日的生气。吴可又干上他的老本行了，每天勤扒苦做，照料老婆，抚养孩子。

左邻右舍感慨不已，说这个吴可真是个有情有义的人，老婆来世给他做牛做马都还不清他的债。

第二年，张翠兰死了。临死前，她挣扎着对吴可说："老公，我对不起你！"

吴可泪流满脸地说："翠兰，是我对不起你呀，其实……其实那个打伤你的家伙，就是我呀！"

张翠兰断断续续地说："你……你别说了，我知道……知道是你，虽……虽然你蒙着面，但……但我当时就认……认出你来了。我……我不怪你……"张翠兰挣扎着，话没说完就断了气。

吴可哭得晕了过去，给老婆下葬的时候，左邻右舍看他才三十几岁的年纪，却像个五六十岁的老头。

（袁文涛）

（题图：箭　中）

铃声多美妙

赵云大学毕业后没几年，就因为工作业绩突出和人缘极佳，坐上了县城建局副局长的位置，仕途上可谓一帆风顺。可是赵云发现，别人对新上任的自己都是恭维话不断，可偏偏就是妻子小芳，没对自己说过一句顺耳的话。

这天，小芳对赵云说："有人一当官，就像鼓起来的气球飘飘然起来，风朝哪刮它就朝哪飘，没了自己的方向，这样下去，气球早晚要破。咱不管别人怎么当官，自己一定要坐得端、行得正。你这人心软好犹豫，要不把你手机短消息的铃声设成'三大纪律八项注意'的歌？虽说老了点，可常听听，也能给你提个醒。"

赵云知道小芳爱较真，这么没情调的点子也就她能想得出来，可转念一想，这样对塑造自己的公众形象有好处，于是就应了一声。

这段时间,城建局准备投资1500多万元建一座高层办公楼。这事由赵云负责,可招标还没开始,不知是谁走漏了风声,于是大大小小的工程队头头就三天两头来办公室找他套近乎,搅得他心里挺烦。

这天晚上,赵云在家里刚刚吃罢饭,建筑公司的王总居然找上门来了。王总滔滔不绝地给赵云介绍,说他们公司的机器设备如何先进,技术队伍如何过硬,施工质量如何保证,等等,等等。赵云见他开口刹不住的样子,便打住他的话头说:"你介绍的这些,应该拿到招标会上去介绍啊,很有竞争力嘛!"赵云的言外之意就是:你应该走公开投标的路子,把这些话拿到招标会上去说。

谁知王总却把赵云的话理解成了是对他的暗示,立刻眉开眼笑地连连点头:"谢谢赵局长的肯定,有您说话,事情就好办了。"

赵云知道他误会了,赶紧解释说:"对不起,王总,像这种大事,我个人说了不算,最后要张局长拍板才行。"

王总以为赵云把张局长抬出来是在卖关子,忙说:"张局长早说过了,你是常务副局长兼工程的第一副总指挥,隔着你做决定,他面子上挂不住。"

赵云是张局长一手提拔起来的,听王总这话的意思,他和自己老上级的关系可不一般呵!赵云不免有点诚惶诚恐,不由自主地问王总道:"那……我怎么帮你呢?"

王总把话说得很白:"你具体操作,张局长配合。"

我具体操作?这么大影响的一个工程招标,我怎么能一个人说了算?

王总见赵云犹豫的样子,赶紧掏出一个鼓鼓囊囊的信封,说:"我和张局长是多年的兄弟,你就一百个放心吧。这是定金,事成之后一定重谢。"

赵云吓得连忙摆手，但王总老练地把信封往桌上一放，随后在沙发上坐下来，哈哈大笑起来。

赵云有些不知所措。就在这时候，屋子里突然响起了"三大纪律八项注意"的歌声，节奏特别铿锵有力，自然，这是小芳特地帮赵云设定的手机铃声。赵云打开一看，嘿嘿，是正在隔壁书房里看书的小芳发给他的短消息：爱生活，爱小芳，不爱暗箱；公事公办，廉洁无限，清香满人间。

赵云不由自主地往隔壁书房瞥了一眼，赶紧拿起桌上那个鼓鼓囊囊的信封，塞回到王总手里，坚决地说："这事情明天到我办公室去说吧！"他边说边走到门口，将房门打了开来。

这不是送客的意思吗？没辙，王总只好尴尬地笑笑，摇摇头从沙发上站起来，走出门去。看着王总远去的背影，赵云不免舒了口气，想想妻子平时这么古板，短消息倒发得这么幽默，他不禁笑出声来。

原以为事情就这么过去了，没想到几天后张局长打来电话，说王总请吃晚饭，要赵云一起去。老上级出面了，赵云没法推辞，他给妻子打了声招呼，就匆匆赶了过去。

赵云赶到那里的时候，张局长正在眉飞色舞地讲一个段子，王总津津有味地听着，漂亮的女服务员已经笑成了"虾米"。当桌上的两瓶白酒被喝得瓶底朝天的时候，他们的话题很自然地转向了工程投标的事。看张局长和王总这么亲密随便的样子，工程承包好像是铁板上钉钉归王总了。赵云心想：既然招标只是掩人耳目的形式，自己无论说啥也是瞎子点灯白费蜡，还不如顺坡滚毛驴送个人情。想到这里，赵云便话里有话地对王总说："我早知道王总的公司很有实力嘛，你来应标还不是十拿九稳啊！"

王总不放心，瞪着兔子眼道："可安全系数只有 0.9 呀，会不会突然出现那 0.1 呢?"

赵云笑着看着张局长,说:"只要局长在,就没有 0.1 的可能了。"

张局长却假装没听见,笑着打哈哈,顾自给女服务员讲他那永远讲不完的段子,讲累了,笑完了,他伸个懒腰说要休息了,于是服务员将他搀到楼上包间里去了。

这时候,王总神秘兮兮地赶紧把门带上,从包里掏出一个比那天在赵云家里拿出来的更大更鼓的信封,说:"赵老弟,从现在开始,咱们是一家人了,你别嫌少。"说着,他就要把信封往赵云手提包里塞。

赵云本能地想拒绝,他虽然被灌下不少酒,可脑子还是转得飞快:看王总今天的架势,肯定也会塞给张局长一个信封,而且说不定更大更鼓,自己要是不拿,不就是给张局长难堪,让他过不去吗?

赵云正在胡思乱想时,"三大纪律八项注意"的歌声骤然间又响了起来,他慌忙掏出手机,又是小芳发的短信:腐蚀你,你是座上宾;告发你,你是阶下囚——提高警惕,保卫自己。

赵云看到"阶下囚"三个字,顿时惊出一身冷汗,酒也似乎醒了大半,他赶紧捂住自己的手提包,连声朝王总打招呼:"对不起,对不起,我头晕得厉害,我得走……走了!"

王总愣了一下,不过马上就反应过来,他上前一把拽住赵云,说:"赵老弟,不要忙着走,你刚才喝多了,来,先上楼去醒醒酒,呆会儿我送你回家。"说着,他软拉硬扯地拽着赵云朝楼上走。赵云无奈,只得给小芳回了个短消息,说还有别的事,要晚些回家。

楼上包间里的灯光若明若暗,两个小姐从王总手里拉过赵云,硬把他安在沙发上,然后一个小姐坐在他的腿上,吊着他的脖子,另一个则扭动着蛇腰,脱着本来就没有一件多余的衣服。

赵云心里知道这样不行，可酒喝了不少，身体的本能也有些受不住这种销魂的诱惑，竟有些迷迷糊糊地任由摆布了。

正在千钧一发之际，那熟悉的"三大纪律八项注意"的歌声又响起来了！不用说，准又是小芳发来的！小芳对赵云说：摘不到的星星总是最闪亮的，溜掉的小鱼总是最可爱的，抱着的美人总是最好看的，家里的贤妻才是最爱你的。

这个短信不仅让赵云完全醒酒了，就连小姐自己都觉得房间里的一切在刚才那铿锵有力的手机铃声中显得分外可笑，她们停止了动作。赵云本来就发烫的脸因为羞愧而变得火辣辣了，他忙起身整理好衣服，抓起手提包，飞也似的逃出了酒店。

第二天，赵云正琢磨着该怎么去见张局长，却发现局里上下不见他的人影。没过多久，就传出消息，说张局长由于一连串贪污和挪用公款的事情，被"双规"了。赵云越想越后怕，要不是小芳适时提醒，自己肯定也陷进泥潭里了。

没多久，组织上找赵云谈话，让赵云接替张局长的位置，赵云欣喜若狂，一路小跑奔回家，把这个喜讯告诉小芳。他满以为小芳会夸奖他一番，可没想小芳还是以往一副平淡的样子，和短信中那个情深意长、幽默睿智的妻子真是判若两人啊！

（李文胜）

（**题图：**安玉民）

家有贼人

　　吴胖子平时应酬多，而且客户中女士又居多，老婆对此很有意见。

　　这天晚上，吴胖子下班回家，晚饭才吃了一半，就接到公司打来的电话，说是有紧急出差任务，时间大概一个月，需要马上出发。

　　吴胖子二话没说，撂下饭碗就起身换衣服。

　　老婆一把拉住他，气呼呼地说："又是哪个狐狸精来约你了？上次的女人姓李，上上次的女人姓杨，我这个老婆在你心里到底算什么？"

　　吴胖子其实出差回来一个星期还不到，现在又要出差，心里本来就有些不乐意，没想到老婆居然还这么说自己，他心里的气真是不打一处来，于是就回敬道："你脑门子发什么邪？我出差还不是为了这个家？你以为赚钱那么容易？我要真有外心，存折上还能写你的名字？"

老婆却对他不依不饶："你开口闭口就是钱、钱、钱，挣钱凭的是能力，又不是靠应酬，去做什么'鸭'！"

吴胖子没想到一向贤淑的老婆今天说话这么刻薄，他顿时恼羞成怒，恶狠狠地说："告诉你，我今天就是去会狐狸精了，你拿我怎么着？"说完，匆匆收拾了自己的洗漱用具，"砰"地一声甩门而去。

谁知他刚刚跑到楼下，老婆竟然在窗口冲着他大声嚷嚷："有本事你别回来，滚远点儿！"

左邻右舍的窗户顿时一扇扇闻声而开，邻居们纷纷探出头来看究竟，那一刻，吴胖子真是尴尬极了……

转眼一个月过去了！

这一个月里，吴胖子和老婆两个人愣是憋着气没有互相通过电话。不过，吴胖子打电话给自己的父母时，从父母口中得知，老婆在他出差的日子里，还是照常去探望他的父母，父母并不知道他们之间吵嘴的事。说不定，老婆那天是因为在单位里碰到了什么不顺心的事，才会对自己发那么大的火，说出那么难听的话。唉，想想自己也真是的，堂堂男子汉大丈夫，干吗和老婆计较呢？

这么一想，吴胖子心里就觉得轻松起来，出差任务一结束，他就兴冲冲往家赶，在外面苦熬了一个月，他特别想快点回家，痛痛快快地洗个热水澡。

走进小区，走到楼下，吴胖子习惯性地抬头往自己家的阳台看了一眼。可没想到，就这一眼，却看得他眼前金星直冒：他家阳台上，有一条男式内裤正在逆风飞扬。

吴胖子顿时觉得脑门一热，三步两步冲进楼门，"噔噔噔噔"

抬腿就上楼。

不得了,家门口的景象更让他毛骨悚然:防盗门内的鞋架上,赫然放着两双皮鞋,一大一小,一男一女。女的那双是老婆平时一直穿的,可那双男式皮鞋,绝对是他从来没见过的。难道老婆……

吴胖子心慌意乱地赶紧往手提包里摸开门钥匙,摸了好一阵,才突然想起来,自己根本就没带钥匙。"哐哐哐"他于是攥紧了拳头,猛砸起防盗门来,嘴里还大喊着:"开门,快开门!"

可是,不管他怎么敲,门里一点动静都没有。

吴胖子意识到问题严重了,一定是老婆招来野汉子,被堵在屋里了,这是他最不愿意看到的结果。好吧,既然这样,那就一不做二不休!吴胖子决定把电话打到老婆父母那里,让他们过来看看自己女儿做下了什么丑事。当然,电话里不能直说,说了他们还肯来?要不就说老婆在家里煤气中毒了?可转念一想,不行,两个老人都有心脏病,吓不起的。或者,就说家里被盗了吧?也不行,盗了报警不就行了?给二老打什么电话啊!

吴胖子正想着用什么法子把岳父岳母喊来,只见老婆拎着一篮子菜"呼哧呼哧"地爬上楼来。

老婆看到吴胖子回来了,一脸惊喜地叫起来:"你回来怎么也不先打个电话告诉我?"

吴胖子心里猛一热:老婆对自己还是老样子啊!可是他一瞥见那双男式皮鞋,心顿时就冷了下来,拉长着脸对老婆说:"老实交代,这双新皮鞋是谁的?"

老婆愣了愣,突然扔下手里的菜篮子,伸手掐住吴胖子的腮帮子,把他逼到墙脚,点着他的鼻尖数落道:"你敢怀疑我?亏你还是个在外面跑的人,竟然不知道这是用来糊弄盗贼的?"

老婆故意把嘴一翘,"告诉你吧!我那天因为在单位里搞错了一笔账,被领导训了一顿,心里不好受,回来就把气出在你身上。其实我也知道自己说话过了头,第二天,我去商场给你买了一双新皮鞋,准备等你回来向你赔罪,可是回来时,发现有个陌生人,一直在我们楼道里转来转去,以前听同事说起过:她丈夫出差的时候,她就在门口故意摆上男人的衣物虚张声势,于是我也学了这一手,特地把你的内裤挂在阳台上,把这双新皮鞋放在门口鞋架上。嘿嘿,有男人在家,盗贼就不敢乱来。"

啊!原来这些东西是老婆故意设下的空城计!吴胖子大大地松了口气。好险!好险!他不禁为自己捏了把汗:幸亏岳父岳母的电话没打。

(苏乃禾)

(题图:箭　中)

大 千 社 会

　　各人所听见的,只是他所懂得的,在一个一切都不断变化的世界中,急于得出结论是愚蠢的。一个人如果能看穿这世界的矫饰,这世界就是他的。

救你先商量

　　有一天早上，正是上班高峰时候，马路上人来车往。突然，听得一声惊叫，只见一个女骑手的助动车直朝停在马路边上的清洁车撞去，"啊——"不得了，女骑手一个跟斗从椅座上弹出来，重重地摔在地上。

　　女骑手的身边很快就围了一群人，大家七嘴八舌地空发议论，就是没人站出来帮忙。女骑手的右侧大腿处，绒裤已经被血染红了，只见她拼足力气，呻吟着说："谁能帮帮我？"没人回话。女骑手硬撑起身子，无助的眼光朝众人扫了一眼："你们谁能帮我打个电话？求求你们了。电话费我会给的。"还是没人站出来。

　　这时候，只见一个穿夹克衫的年轻小伙子，从人缝中挤进圈子里,嚷嚷着道:"噢,我明白了,你是不愿'出血',才没人想帮你。这年头啊,双眼向钱看,不怕你落难,落难有钱赚,赚你没商量。""轰——"人群里爆发出一阵冲天的笑声。

女骑手艰难地说:"我愿出钱,可没人帮我。"

小伙子惊讶道:"真是咄咄怪事,明明有钱好赚,却没人赚,那就不客气了。诸位,"他冲周围人一抱拳,"这钱我赚定了。"他蹲下来,凑近女骑手,说:"现在是市场经济,所有的运作都是市场运作。我要是不救你,你失血过多就会死。说吧,你愿出多少钱?尽量往高处说,别出数太小,冷了兄弟的心,我就会甩手不管,那你可就惨了。你想,是钱重要呢,还是命重要?你睁开眼睛看看,如今的人,在金钱面前都变成了残酷无情的冷血动物,除了我,谁还会来管你?"

小伙子这番话,简直坦率到了不能再坦率的地步。女骑手心里很清楚:除此别无选择。她点点头,挣扎着说:"只要你把我弄到医院,我给你一千块。"

"哗——"围观者一片唶叹。

"好!"小伙子一拍胸膛,"你这事我包了。你掏钱吧!只要钱到了我手上,我保证服务到位。"说着,他见女骑手有些犹豫,问:"怎么了,有难处?没带钱是不是?那好办,你先付我一些定金,多少不拒。"

女骑手看了小伙子一眼,似乎是下了决心似的,从上衣内袋里摸出一叠钞票,递给小伙子,说:"那就拜托你了。"小伙子接过钞票,说了一声:"看哥们的。"便冲出人群,拦住一辆的士,迅速地把女骑手背上了车,朝医院急驶而去。

当女骑手的父母接到小伙子的电话,急匆匆地从几十里之外的家里赶到医院时,女骑手已经很安逸地躺在医院的病床上了。女骑手把被撞与被救的经过大概地给父母叙述了一遍。母亲一听,赶紧问:"救人的小伙子现在到哪里去了?"女骑手说:

"他给我拿药去了，一会就来。"母亲说："得好好谢谢人家，要不是碰上这么个热心人，你现在还不知在遭什么罪呢！"女骑手嘴一撇："我付他钱，他替我服务，这有什么谢不谢的。"母亲打断她的话说："真是傻姑娘，话怎么能这么说！钱就那么重要？要是碰上恶人，把你的东西抢光不说，甚至还会有更坏的事发生呢。你怎么能不谢谢人家？"

他们正说着，那小伙子双手捧着一大堆药走进了病房。小伙子见女骑手的家里来了人，马上冲着女骑手说："哎！我只有送你来医院的责任，却没有帮你打电话喊人的义务，劳务费得另外算。"女骑手顿时就来了火，说："你这人怎么这样？你自己说保证服务到位，现在又要……"

女骑手的父亲站在旁边，一直没有机会开腔，这会，他望着小伙子说："你救了我们女儿，我们很感谢你，但是她付你的钱不少了，足足一千，是不是？你帮她打个电话还要额外加钱，这就有些说不过去了。"

同病房的人都向小伙子投去鄙夷的目光，这意思不说自明。

这时候，小伙子笑了，正要开口，女骑手的母亲却赶前一步，一把拉住他的手，说："你说，你要多少钱？我们给你。像你这么热心的小伙子，要不是有事急需用钱，是不会开口闭口把'钱'字挂在嘴上的，你不是那种人，我不会看错的。再说，你救了我们女儿，就是我们家的恩人，我们还在乎几个钱吗？"女骑手的母亲说着，从口袋里一下子就掏出好几百块钱，全部塞进了小伙子穿着的夹克衫兜中。

此刻，小伙子脸上的笑没有了，他很严肃地对女骑手的父母说："好吧，现在我可以对你们实话实说了。其实我是与你们家女儿开玩笑的。我这人就这毛病，喜欢逗乐子，哪里有打个电话也要劳务费的道理。"小伙子把钱还给女骑手的母亲，随后又掏出一卷钱和发票，递给女骑手，说："实际上，围观的人当中，一定有很多人都想出手帮你一把,并非人人都是冷漠自私的。但是他们又都害怕惹祸上身,因为你是交通事故,人家好心好意把你弄到医院,万一到时你的亲朋好友赶来了,却一口咬住他们是肇事者,或者万一你咬住牙根死不开口,你叫帮忙的人怎么解释得清?"说到这里,小伙子朝女骑手的父母挤挤眼:"更何况你们的女儿又是这么年轻漂亮的姑娘,到时候如果她男朋友来了,又要疑心别人是不是想揩姑娘什么油,你让帮忙的人如何做人?"说着,他指了指刚才递给姑娘的钱和发票,"你给的一千块钱,除了挂号、治疗、买药等等的花费,总共用去九百块不到一点,这是剩余的钱与发票,你对对数字。你现在应该知道我收你一千块钱的用意了吧?既方便你的抢救,也可防止我被人反咬一口。倘若你的家人要让我好人不能做,你又良心泯灭,一口栽害是我撞了你,我不是有口难辩吗?而现在有那么多的围观者证明,我是为了钱才去救你的,我就不怕你了。因为我没有授人以柄。"小伙子说完这些之后,转身就抬脚离开病房,"对不起,我上班迟到了。"

　　女骑手一家愣怔在那里,待回过神来要向小伙子道谢时,女骑手的父母奔出病房,已不见了小伙子的踪影。

（曹无为）

（题图:谭海彦）

专家门诊

　　沙默东是一家企业的销售员,他身高马大,皮肤黝黑,特别是胸口的汗毛,又粗又密,难怪他的女朋友阿萍戏称他像个江洋大盗。

　　那天,老娘给他添了条鸭绒被,睡到半夜,沙默东觉得胸口处阵阵发痒,就起床拿过一盒万金油擦抹,擦了一会,痒感缓解,又倒头睡了过去。

　　谁知第二个晚上,痒感又起,这回万金油不起作用了,把个沙默东痒得翻来覆去怎么也无法入睡。打开灯仔细观察,发现胸口处出了一大片针尖大小的红点。

　　第二天,沙默东来到对面的天宁堂中药店,想让坐堂的专家开些药。

那位穿白衬衫的专家,据介绍是位退休的主任医师。沙默东刚想开口诉说病情,就被专家止住,他一边搭脉,一边喋喋不休地向沙默东通报脉理中显示的玄机:胃中积水太多,不利消化;肺中能听到空气回声,说明有痰阻塞;肝火太旺,内热太重,急需清热解毒……沙默东越听越糊涂,打断了专家的话,说:"对不起,医生,我只是胸前皮肤有点痒,麻烦您给诊断一下。"白衬衫专家见这位后生破坏了自己的诊断程序,没好气地说:"把上衣脱掉,让我检查!"沙默东遵命脱去上衣,白衬衫专家看了一眼,自信地说:"刚才我不是说过了吗,你肝火太旺,内热太重,这个热,在中医上讲就是毒,这些毒积聚到一定时候,它就要往外冲,冲到脚上就叫脚癣,冲到大腿就叫股癣,现在冲到了你的胸前,就叫体癣。我给你开两支软膏,保你三天止痒。"说到这里,白衬衫专家突然话锋一转,脸色沉重起来,"不过,这是治标,没有达到治本的目的,要根本好转,只有吃几帖中药!"

专家的话有权威性,沙默东很信任他,于是就很爽快地答应吃中药。

白衬衫专家开的中药,相当厉害,沙默东服后,只觉得两耳冒烟,浑身冒热气,面孔涨得通红通红。可是三天过去后,胸前皮肤的痒感非但没有止住,反而越来越严重,特别是晚上,人被折腾得根本无法入睡。没有办法,沙默东就跑进卫生间,用热水冲,用肥皂擦。这一招还有点效果,暂时缓和了一下,但是半小时后,痒感又来了,而且小红点变成了小疙瘩,一片猩红。沙默东心里有点发慌,又慌慌张张跑到天宁堂,准备再寻白衬衫专家看看。

白衬衫今天不坐堂,换了另一位穿黑衬衫的专家。他听了沙默东的叙说,脸一沉,批评道:"你真糊涂,患了皮肤病,不宜用热水烫,肥皂擦,这是因为人的皮肤呈酸性,有保护皮肤不受细菌侵犯之功能,而肥皂呈碱性,会把皮肤的酸性中和了。"

沙默东也没弄清这里的关系,只想赶快止痒,于是带着歉意说:"我不懂医学常识,把事情弄糟了,我不怪别人,只望医生救我一救,我已整整三夜没有合过眼,三天吃饭不香,三天大便不畅,再发展下去,恐怕性命难保。"

黑衬衫专家听后笑着说:"你也太没用了,生这点小毛病就吓坏了,放心吧,有我在就有你的命。行了,废话少说,请你把上衣解开,让我看看。"

经过观察,黑衬衫专家否定了白衬衫专家的诊断,说沙默东患的不是癣,而是湿疹。他给沙默东开了外用涂剂和14帖中药。沙默东喝煎药的胃口已经大倒,他脸上露出为难的神色。黑衬衫专家见状,有点生气,说:"你要保命,就得听医生的,刚才你不是说失眠吗,我给你开安神药;你不是说吃不下饭吗,我给你开胃药,你不是说排便不畅吗,我给你开泻药。总之,中药是没有副作用的,多吃比少吃好,少吃比不吃好,你怕啥?"沙默东有生以来,还是头一回听到这种"吃药论",但为了毛病好,只得硬着头皮把这么多药背回家去。

沙默东又吃了整整七天中药,真是越吃情况越糟,实在熬不过了,就用手去抓,抓到后来皮破了,鲜血直流。

沙默东急得魂都出窍了,急忙又上天宁堂就诊。今天来就医的病人特别多,沙默东只得耐心地排队,在等候就诊的时间里,他从别的病人口中得知,今天换了位穿红衬衫的专家,是位菩萨心肠的大好人,此人不但医术好,而且对病人的服务态度也很好,所以点名要他看的病人特别多。沙默东庆幸碰到了一位神医,看来自己有救了!

沙默东盼星星盼月亮,终于轮到了自己。那个红衬衫专家果然热情负责,他看得相当仔细,用手指叩,用手掌压,足足观察了二十分钟才下定论,说:"你患的不是癣,更不是湿疹,而是接触性皮炎!"

　　沙默东觉得有些疑惑，说："医生，我除了晚上睡觉是赤膊以外，平时都是穿着衣服的，还有啥东西能直接接触到我的患处呢?"红衬衫专家闻言，赶紧问："你晚上盖的是什么?""过去是棉花被，最近老娘给我调换了一条新的鸭绒被。""哦，市场上出售的鸭绒被有的消毒不严，最容易引起皮肤过敏。"红衬衫专家找到了论据，脸上就有了更多的笑容："患了接触性皮炎，只要病人脱离接触源，皮炎就会不治自愈。问题是你患病十多天，精神崩溃，元气大伤，急需用中药调理，未知你的意下如何?"

　　沙默东见这位专家不但医术高，而且用药也相当民主，合情合理，所以立即表示："一切都听医生的安排!"

　　红衬衫专家点点头，拉开抽屉，拿出好多本医院空白方笺，问："你在哪工作，用啥医院的处方笺才能报销?"沙默东一听更感动了，这位专家的服务真是没说的，忙感激地说："我在中外合资单位工作，医药费全能报销，哪家的处方笺都可以。"红衬衫专家听后，放下了心，当场开出中药 30 帖，让他在天宁堂配了，背回家去。

　　沙默东回家把药拆开一看，傻眼了，这哪里是药，分明是五种混合补品嘛，如果分类理出来，大概是西洋参一斤，珍珠粉二盒，山东阿胶三斤，桂圆四斤，核桃仁五斤。老实人沙默东以为是药店把药配错了，马上打电话去问，对方说："这是祖传秘方，号称'全家福'，绝对没错!"沙默东为难地说："我吃不完这么多呀!"对方笑了，说："吃不完? 那就给你老爸老妈吃;再吃不完，还有你的爷爷奶奶、外公外婆呢!"

　　沙默东一听，差点厥倒。

　　红衬衫专家的药并不见效，沙默东的怪病依然不见好转，最后，他已病得不能去上班了。

　　那天，沙默东躺在床上正独自焦虑烦闷时，他的女朋友阿萍来了。前段日子，阿萍上武夷山疗养，一对恋人一别十多天，如今一照面,把个阿萍吓了一大跳,一个活蹦乱跳的小伙子,怎么变成一个"鬼"了。阿萍忙问缘由,沙默东一一说了。阿萍听着听着,就有点埋怨地说:"你真傻呀,怎么不到医院检查一下,先进的仪器,总比人的肉眼强吧。"沙默东心灰意冷地叹了口气:"唉……我看了一本权威性的医书,其中有一章是专门讲皮肤病的,可我看来看去,就是没有像我这种病的,我想这一定是怪病,恐怕是绝症了,只有等死了……"说到这里,两人抱头痛哭,久久没有分开。

晚上回家,阿萍辗转难眠,渐渐地觉得自己的头皮有点发痒。她用手去搔,可越搔越痒。阿萍想起了男朋友的怪病,想起白天的接触,就多了一个心眼,一大早就去了医院。为了让医生引起重视,阿萍把男朋友的事说了一遍。门诊医生从阿萍最痒的头皮处用镊子拔下一根头发,放到显微镜下观察,大约几分钟后,医生让阿萍也看一下。阿萍一看,吓了一大跳,原来显微镜底下出现了一只不知名的小虫,模样好像蟑螂,正用两只利爪紧卡住发根不放呢。

医生向阿萍解释道:"这种小虫叫阴虱,体积小,繁殖快,人的肉眼是见不到它的。我估计,你男朋友的那条鸭绒被是伪劣产品,上面附有这种虱子,又因没有对症下药,所以一直未能痊愈,昨天你们一亲热,他又把虱子传染给了你。"阿萍一听有些紧张:"医生,用什么药对付这些虱子?"医生笑了,说:"现在生活质量提高了,很少听到生虱子的。要是放在旧社会,穷人生虱是普遍现象,而灭虱又是穷人的拿手好戏,上中药店去买二两草药'百步',用半斤白酒浸泡一天,涂在患处,三天就解决问题。"

事后,沙默东按老方子一试,果然生效,想起前面的"专家门诊",不由得大叫冤枉!

（夏元寿）

（题图:箭　中）

香烟的故事

　　那年,张北发生6.2级地震,在震中附近坝上有个村子,叫大河村。村里有个五保户李老汉,当时正好在门外院子里,地震来时,开始他没反应过来,突然间村里像天塌了似的,鸡飞狗叫,猪羊乱窜,那一座座本来就不怎么结实的土房,"轰隆隆"都倒了下来,那声音连成一片,卷起的尘土冲天而起。李老汉站不稳,一下子就摔在地上,他吓得叫了声"娘呀",就闭上了眼睛。

　　等李老汉再睁开眼看时,自己的房子塌了,村子也已经成了废墟。这几年,无儿无女的李老汉在公路边摆了个烟摊,每月多少也赚它几十元。前些日子,他把自己全部的积蓄都拿了出来,托人批回十条"山海关"香烟,想不到全被埋在了地下。此刻,李老汉顾不得危险,想把埋在泥土里的香烟挖出来,可是椽檩石头挤在一起，李老汉一个人根本弄不动，鼓捣了半天，只挖开一个一米见方的小坑。连累带急，李老汉昏了过去……

李老汉再次醒来时，正躺在村委主任李树成的怀里。解放军战士听说李老汉是村里唯一的五保户，大家立刻对他倾注了更多的关心和照顾，战士们又送衣物，又送食品，一个长着圆圆脸的小战士把自己身上穿的棉大衣脱下来，盖在了李老汉的身上。

坝上的冬日，滴水成冰，偏偏老天爷又翻了脸，一场大雪把灾后的村庄盖了个严严实实。全国人民都关注着张北震区的灾民，看了中央电视台"新闻联播"中灾区暴风雪的报道，都纷纷伸出援助之手。可是偏偏大雪封路，救灾物资一时运不到坝上。远水解不了近渴，首先赶赴灾区的战士们便毫不犹豫地脱下了还带着自己青春热气的棉衣、棉裤、棉鞋，让出了自己的棉被、毛毯，送到老百姓的手里。

李老汉心中有说不出的感激，但最让他放心不下的，还是自己那埋在房子下的十条香烟。平时，小烟摊本小利薄，李老汉又没有别的来钱处，所以对每一分钱都看得很重。有的乡亲来买烟，差几分钱，他也很认真地记在一个小本子上；有时欠账的人不当回事忘了，他也会讨债一样地去要；卖了两年香烟，他自己从没抽过一包，偶尔买烟的人随手送他一支，他也要分三四次吸。时间一长，乡亲们背后就叫他"李抠门儿"，孩子们还编了儿歌唱他："李抠门儿，李抠门儿，出门丢了一分钱，前街找，后街窜，急得李抠门儿团团转！"如今，这十条烟要真毁了，还不要了李老汉的命？

李老汉走出帐篷，一拐一拐地来到自己房子的废墟前，大雪把一切都盖得严严实实，只有一截椽子顽强地从积雪中探出来，任凭凛冽的寒风吹着。李老汉守在废墟边，一呆就是好长时间，他担心下面的香烟被别人挖去。他已经发现，救灾部队里几个老兵的烟瘾大得很,来灾区后,他们随身带的几包烟早吸完了,有时从军官们手中"缴"到几支烟,竟会孩子般欢呼起来,常常是一支烟几个人轮着抽,烟蒂烧着手指了还舍不得扔。李老汉害怕战士们发现了香烟后,人多手杂,可能丢失。即使不丢,自己又怎么好意思藏起来,恐怕也要每人送一包。这么一来,甭说十条香烟,就是一箱子的烟恐怕也不够送呀!

那个圆圆脸的小战士不知什么时候出现了,他看到李老汉的神情有些忧郁,就悄悄问:"大爷,您是不是有什么贵重东西还埋在下面?"李老汉连连摆手,红着脸说:"没有,没有。"就慌里慌张地走开了,可不一会,他忍不住又悄悄折了回来。

圆圆脸的小战士立即把这情况向黑大个班长作了汇报,班长他们就决定先帮李老汉清理倒塌的房屋。不料李老汉却急了眼,蹲在废墟上就是不让黑大个动手。战士们搞不懂李老汉到底是什么意思,一时又解释不通,只好暂时先去其他地方干活了。

李老汉心中有事,夜里就睡不好觉。睡到半夜起来解手,刚走出帐篷,立刻被眼前的情景惊呆了:冰冷的月光洒在茫茫大地上,寒冷的夜风卷着雪花,满世界乱窜。那些奋不顾身救灾的战士们,有的三五成群地挤在残墙断壁旁,身上搭着一条棉被,紧紧地缩成一团;有的因为把棉衣裤、被褥都送给了乡亲们,自己冻得根本无法入睡,只好在地上不停地跑步……

只听一个战士说:"班长,要是附近有家商店就好了,我去给你们一人买一包烟,让你们抽个够!"

李老汉认出来了,说这话的是那个圆圆脸的小战士,正缩在黑大个班长的怀里,一双只穿了军用胶鞋的脚不停地抖动着。黑大个班长嘴里叼了一根木棍,"咂咂咂"吸个不停。圆圆脸说:"昨天指导员手里还剩半包烟呢,让一排长抢走了一大半,剩下的全给了连长,自己只留了个空烟盒,烟瘾上来就使劲闻一闻。

班长,明天我去告诉他,让他像你一样,就是叼根木棍吸吸也好啊,否则,可真要撑不住了!"

听着圆圆脸的话,李老汉羞得恨不得挖个地洞钻进去。他骂自己老糊涂,骂自己该死,冰天雪地的寒夜里,自己和乡亲们舒舒服服地睡在帐篷里,而战士们却抖抖索索地挤在野外。要知道,这坝上的冬天,每年都要冻死一些牛羊的呀!战士们寒冬腊月的跑到穷山沟里干什么来了,还不是为了咱乡亲们!自己却为几盒烟动死脑筋……

李老汉跌跌撞撞扑上前去,一把抱住了圆圆脸,摸摸他的脸,摸摸他的手。小战士的耳朵早冻伤了,一双小手肿得跟红萝卜似的,再摸摸那双只穿了军用胶鞋的脚,因为出汗,脚早已与鞋冻在了一起。

李老汉一把扯开自己的上衣,就把圆圆脸的双脚裹进了怀里。他激动得大声喊着:"乡亲们!快起来,大家都起来,你们出来看一看,看看这些孩子们……"

好多人都出来了,他们也被外面这一幕惊呆了,好长时间,都没有人说话。不知谁喊了声:"快把孩子们拉进去!"人们立即拥上来。乡亲们拉,战士们推,一时间,人群乱成一团。有个平时私心挺重的人偷偷溜回帐篷,把前几天藏在草堆里的一件军大衣拿出来,披在黑大个班长身上。于是,乡亲们纷纷脱下自己穿的大衣,往战士们身上披,有的人回帐篷抱了被子出来,裹在战士身上。

经过一番争执,乡亲们和战士们都挤进了帐篷,大家肩并着肩,背靠着背,坐在那里,一些上年纪的老人不住地抚摸着战士们冻伤的手脚,眼圈红红的。

李老汉看着圆圆脸被接进了帐篷,突然扔掉身上的棉大衣,一瘸一拐地朝自己原来住的房子走去,他伸出双手,在雪地里拼命地挖着。黑大个班长和另一个战士追了过来,拉住李老汉说:

"大爷,甭着急,明天天一亮,我们帮你挖!"李老汉老泪纵横,断断续续说了那十条香烟的事。他要让班长把香烟挖出来,给所有抽烟的战士都分一包,算是尽尽自己这个老糊涂的一点心意。

黑大个班长被深深地感动了,他神情庄重地硬是把李老汉劝回了帐篷,答应明天一定再来帮他挖。

但是第二天一早,由于县政府对孤寡老人统一安排食宿,就有军车把李老汉接到县政府招待所去了。那天晚上,黑大个班长和圆圆脸抱着十条"山海关"香烟特地找上门来,一见面就说:"大爷,我们给您送烟来了。"

李老汉见了战士们,喜欢得不得了,可是看见那十条烟完完整整,一包也不少时,他一下子就生气了,说:"你们把我看成什么人了?说好的,烟挖出来给你们抽,咋又给送来了?"

黑大个班长只是呵呵笑着,什么话也不说,拉着圆圆脸转身就走,李老汉追了半天也没追上。

晚上,李老汉怎么也睡不着,他坐起身,看着这十条整整齐齐的香烟,心里觉得挺纳闷:房子都塌了,这十条烟怎么连个棱角也没压坏呢?

第三天,村委主任李树成来县里领救灾物资,顺便来看望李老汉。李老汉拿出那十条烟,奇怪地说:"这烟不对劲呀,房子都塌了,怎么烟还这么直挺挺的?"

村委主任的眼圈红了,把事情的根根由由告诉了李老汉。李老汉这才知道,他走了之后,战士们把烟挖了出来,可没想到因为融化的雪水渗进地下,这些烟全泡烂变质了,战士们怕他知道后着急,偷着一起凑钱,并让班长和圆圆脸来县城,专门买了十条"山海关"香烟,给他送来了。

村委主任的话没说完,李老汉伸手就要抽自己耳光,村委主任忙拉住了他。李老汉闹着要回村找那些战士,村委主任说:"战士们早转移到别村去了,遍地都是解放军,上哪儿找?你好好养着吧,过几天我再来看你。"

从此,李老汉每天都去街上转,想找到那个黑大个班长和圆圆脸小战士。街上来来往往的解放军很多,李老汉看着看着眼睛就模糊了,他觉得每个战士都像,仔细看看,又都不是。

部队完成救灾任务后,就要撤离了,全城人民都拥到路边,欢送自己的亲人子弟兵,受灾村镇的乡亲们也骑车赶驴,一个劲往县城拥,形成了浩浩荡荡的送行大军。

李老汉一大早就让同屋的几个老伙计帮忙,抱着十条香烟站到了十字路口。

县委、县政府的领导同部队首长依依不舍地告别后,整齐的车队就缓缓启程了。战士们都站在卡车两侧,向送行的人群敬礼告别。路两旁的父老乡亲们不停地喊着叫着,许多人流下了眼泪。

李老汉见军车开始走了,就拿起一条香烟扔到了车上。以后每过一辆,他就扔一条上去。战士们被这位老人的情谊深深地感动了,他们大声喊着:"谢谢!"向李老汉和乡亲们挥手再见,又把整条香烟扔了下来。路旁的群众接住后,纷纷又往车上扔。一时间,只见一条条香烟在空中飞舞……

已经走了七八辆军车,可是李老汉面前不但依然还是十条"山海关"香烟,而且还多出了十几条其他牌子的烟。除此之外,还有红苹果、熟鸡蛋、大嫂们精心绣制的鞋垫……李老汉急得一把将整条烟拆成散包扔上车,哭喊着:"亲人哪,你们就收下吧!老汉求求你们了——"

(海 平 海 明)

(题图:黄鑫德)

给辉辉拜年

　　丁泉这两个星期可没闲着,一直在核计到李镇长家里去拜年的事。李镇长是镇上一把手,他用老婆的名义在镇上开了一家竹器加工厂和一家运输公司,富得流油。这一次,李镇长又发了话,要再招十名职工,丁泉想趁这机会到厂里去做工。听说想去的人很多,于是他就决定给李镇长送点礼。

　　丁泉家里穷得叮当响,只得东挪西借地凑了几百块钱。可送什么呢? 他听人说李镇长和他老婆都特别喜欢他家的宝贝辉辉,也不知是孙子还是外孙。那辉辉娇生惯养,没有牛肉干就不肯吃饭,于是大年初一早上,丁泉到城里买了一箱最贵的牛肉干,然后直奔李镇长家。

　　丁泉到了李镇长家里,看着皇宫一样的装修,手脚都不知往哪里放。还好，李镇长热情地让丁泉坐下，还给他倒了一杯茶。丁泉也不知说什么好，抖抖索索地搬出那箱牛肉干，递给李镇长夫人，说："过年了，没啥好东西，这个是给辉辉吃的。"

李夫人惊讶地看看丁泉，说："丁泉，你怎么这么客气？这牛肉干很贵的，只是我家辉辉的口味特别，他只吃美国进口的那一种，其他牌子的碰也不要碰。"

丁泉禁不住在心里骂娘：这么好的牛肉干还要挑剔！这娃儿看来要被养成人精了。

李镇长问丁泉有什么事，丁泉含含糊糊地说了自己想到厂里上班的事。谁知李镇长打起了官腔："丁泉啊，照理说乡里乡亲的，应该照顾你，可你不知道，要来做工的人太多了，我不好安排啊。"

丁泉见势不妙，忙又掏出早已准备好的五百元红包，递给李夫人，说："这是给你家辉辉的压岁钱。"李夫人有点意外，愣了愣才伸手接过钱，说："难为你想得这么周到，招工的事让老李再考虑考虑。"

丁泉见事情有了转机，浑身开始活络起来，他关心地问："不知道辉辉是你女儿养的娃，还是你儿子养的娃？"谁知这一下捅了马蜂窝，李夫人顿时跳得有八尺高："胡说八道！辉辉要么是你老婆养的！"李镇长也气得脸色发紫，大叫道："你给我滚！"

丁泉灰溜溜地出了李家门，他又气又恼，闹不清自己在什么地方得罪了他们。难道说这个辉辉是李镇长和李夫人老蚌得珠养下的"娃"？

说来也巧，在车站，丁泉碰到了乡亲丁红，她现在正在李镇长家里做保姆。丁泉把事情经过一说，丁红笑弯了腰："什么外孙还是孙子，辉辉是他们家养的一条哈巴狗！"丁泉一下子像被雷劈了一样——傻了，心里真是甜酸苦辣百味俱全。他痛恨自己乱说话，得罪了李镇长；他心疼那箱牛肉干和红包，打了水漂……

　　丁泉失魂落魄地回到家里，连大年也无心过了，成天只是唉声叹气。老婆知道他一定是找工作不顺利，也不敢多说话。

　　谁知到了初四晚上，丁红却找上门来，一进门就说："丁泉大哥，李镇长答应让你到厂里工作了！"丁泉"噌"的一声从床上坐起来，问："是怎么一回事？"

　　丁红笑着说："多亏了你送的那箱牛肉干。"

　　原来李夫人养的那条哈巴狗辉辉已经有几天"茶饭不思"了，一天天瘦下去，李家人心疼得不得了。百般无奈之下，就拿丁泉送的牛肉干去喂辉辉，没想到辉辉吃得又香又甜，这下可把李夫人乐坏了。立刻让丁红来找丁泉，问他这种牛肉干是在哪儿买的，并且通知他元宵以后就到厂里上班！

　　丁泉的老婆在一边乐得直搓手，没有注意到丁泉的脸色已经变了，他愤愤地说："我不去厂里上班！我丁泉可不想让人戳着脊梁骨说是借畜生的光才进的厂。你告诉他们，我是乡下人，城里不熟悉，哪儿买的牛肉干早忘记了！"

（莫　凡）

（题图：刘斌昆）

哭泣的红秀

山脚下有个村庄叫徐沟村,村里有个姑娘叫红秀。说起这个红秀呀,那可是十里八乡出了名的漂亮妹子,皮肤白白嫩嫩的就像刚出锅的嫩豆腐,一张俊俏的瓜子脸上点缀着一双黑亮黑亮的大眼睛,这双眼睛要是扫谁一眼呀,嘿,保准叫他十天半月的觉睡不着,饭吃不香。不用说,这么漂亮的妹子到谈婚论嫁的年龄后,上门提亲的肯定排了一大队,看那阵势简直要把红秀家的门槛磨下去两寸,可红秀挑来看去就是一个也相不中,你道为嘛?人家心里有人了,人家早就相中山上平洼村的柄子了。

柄子家穷,但柄子志不短,方圆十来个村子,在城里读完了高中的就他一个,人家一开口就文绉绉的,要多好听就多好听,穿戴也干干净净的,一看就知道是个文化人。最让红秀动心的是,柄子头发里有一股香香的洗头膏味道,那一次红秀到平洼村她二姨家走亲戚,正好和柄子走了个迎面,柄子头上的洗头膏味道也就一下子香到她心窝里去了。

咱长话短说,也许红秀的痴情感动了上苍,两年后红秀真的和柄子结了婚。红秀觉得她嫁进了蜜罐里,幸福得没法说,但是她又隐隐觉得柄子并不幸福,红秀常常见他把眉头皱成一个大疙瘩,问他,他又不说是啥事。

他们结婚的第二年,柄子爹突然得了一场病,瘫了,柄子的眉头就锁得更紧了。终于有一天,柄子对红秀说:"我得出去。""出去?"红秀问,"去哪儿?""去南方。""南方?南方是哪儿?""南方就是南方,说了你也不懂,问恁些干啥?"红秀噎了一下,停了一会儿又问:"去南方干啥?""挣钱。"红秀就不理解了,她说:"咱家不是还有两百多块钱吗?""饿不死,撑不着,这算狗屁有钱?"

红秀不再说啥了,她想,只要柄子能不再锁眉头,那他想去南方就去南方吧。过了两天,柄子真的打起背包要走了,红秀强装高兴,把柄子送出村外,有人问,她就笑着跟人家说,俺男人去南方给俺挣大钱呢。临分手,她对柄子说:"你就放心地去吧,咱爹,还有地里的活儿,有我呢。"

开始,红秀并没有感到生活太难,可渐渐地就不行了,光地里的农活就累得她快直不起腰来了,回到家还要照顾瘫痪在床的老人,赶上农忙的时候,她经常连饭也吃不上。这时候她就特想念柄子,特想家里如果有个男人该有多好啊。

大概是柄子走了将近一年后的一天深夜,红秀正做着和柄子亲热的美梦,院里突然传来"扑通"一声响,红秀慌忙穿上衣服,拉开门想看看出了啥事儿,不料,一个人一闪身扎进了她的屋子。

来的人是村长。

红秀吓得连连后退,话也说不利索了:"村……村长,你这时候来干……干啥?"村长先是不说话,一双放着淫光的小眼使劲盯着红秀,过了好大会儿才说:"干啥,你说干啥?"说着就往红秀身上扑。红秀躲开了:"村长,你要再这样,我就喊人了啊。"说着她就做出要大喊的样子。村长害怕了,村长说:"别喊,我这就走。"临出门,又回头说,"算你行!哼,我就不信你不想男人。"

村长走了,红秀抱着枕头哭了一夜。她会不想男人吗?她做梦都想柄子呀!柄子,你到底在哪里啊?你知道吗,我想你都快想出病来了啊!

再说柄子,他从家里出来后,坐车直接来到了深圳,在一个建筑工地找了个零活儿,月工资八百元。他本来想往家里寄四百,自己留下四百做生活费,第一个月的工资领到手后,他就拿着去了邮局,路上经过一个发廊,一位漂亮的发廊妹拉住他说:"大哥,进来理个发吧。"这时候柄子想起来他已经好久没有打扮打扮了,于是就跟着发廊妹走进了发廊。谁知这家发廊是拉人下水的,发廊妹在柄子身上三摸两摸,柄子就撑不住了,等他出来的时候,兜里的八百块钱就只剩下四百了。柄子心里有点后悔,但又一想反正下个月还有工资,等下个月再往家寄也不晚。可是等第二个月工资发下来后,柄子又忍不住在另外一家发廊里花了四百。这次他没有上次那么后悔。第三个月,第四个月,柄子始终没有往家里寄一分钱,最后他想:唉,反正人挣钱就是花的,咋花不一样?

红秀原以为那天夜里把村长吓跑以后,村长就再也不会打她的主意了,谁知刚刚过了两天,村长就又来了。这次村长没有直接要求红秀办那事,他说:"红秀,你们家的提留该交了。"红秀虽然知道村长来的目的是什么,但嘴上还不得不说:"村长,你看我这男人不在家,我一个女人家里外外也够难的,你就宽限几天吧。"村长的眼里又放淫光了,他说:"宽限几天也行,不过,你该知道我想要什么。"红秀又哭了："柄子都走了近一年了,至今也没给家里寄过一分钱,地里庄稼换的那两个钱儿,连给老人看病吃药都不够,哪儿再去弄钱交提留?"村长就趁机抱住了红秀的腰。红秀死挣活挣挣不开,剩下的就只有哭了。

从这天起,红秀的院子里经常半夜响起"扑通"声。这一年村长没有再收红秀家的提留,说红秀是村里的困难户,免了。

村长哪天来,红秀哪天就想柄子想得特别狠:柄子呀,你快点回来吧,咱不要挣那些臭钱了,你的老婆在家被人欺负了啊,你知道吗,柄子?

日子就这样不紧不慢地朝前滚着。直到有一天,柄子突然把电话打到村委会,说再过两天他就回家了,听到这个信儿后,红秀坚决地对村长说:"我男人就要回来了,你敢再来,我就叫他打断你的腿。"

柄子刚进家门时,把红秀吓了一跳,他穿着一件脏兮兮的褂子,脸上也黑一块、白一块的,像是三年没有洗过了。一问,才知道这两年柄子在外面拼了命的干活,也确实挣了不少钱,可正当他要带着回家时,包却在火车站被偷了,没办法他只有扒货车回家来了。没等柄子说完,红秀就一头扑进了他的怀里,心疼得眼泪"扑哒扑哒"往下滴,她对柄子说:"不管咋着,回来就好,饿不死人家就饿不死咱,怕啥?"

可是红秀想错了,柄子回来后,和走以前不一样了!回来后,他成天地闷在房里睡大头觉,红秀催得急了,他也扛着锄头到地里转一圈,但总是刚到地头就拐回来了,他说:"那点地种它干啥,辛苦一年还不够赔血汗钱的呢,那点收成根本就不在我柄子眼里。"说归这样说,但柄子又丝毫没有挣大钱的门路,甚至根本就没有挣大钱的想法。红秀拿他没办法,只得偷偷地哭。她想:这外面到底是个啥世界哟,好好的人出去两年,咋就变了呢?

村长对红秀并没有死心,柄子刚回来那几天,虽然他心里也很想再和红秀套套近乎,但他没有那个胆量,只能在红秀家院墙外转两圈了事,因为他知道柄子不是一般的农村小伙子,那可是十里八乡出了名的大能人。

可是渐渐的他发现事情并不是这样,现在的柄子越看越像一个大脓包,于是他的胆子大了。这天,柄子刚刚被红秀劝到地里去,村长就推开了他们家的门。当时红秀正在给柄子缝制一件新衣服,她一见村长脸都吓黄了:"村长,你咋恁不要脸,俺男人都回家来了,你还往俺家里跑?"村长咂咂嘴说:"红秀你还得和我好。"说着就把红秀往床上推。红秀急了,说:"村长,我对你说,你再来,我就让俺男人打断你的腿,你等着,我这就去地里喊他去!"

村长一声冷笑,说:"就他那个熊包,还打断我的腿?红秀你也想想,以前你一个人干活养两个人都困难,现在再加上一个吃闲饭的,你的日子不更需要我这个村长照顾吗?"一句话说到了红秀的痛处,红秀忍不住又哭了起来,村长趁机就扑了上来。

村长刚走,柄子就扛着锄头回来了,一进屋就说:"完事了?"

红秀的缝衣针就扎进手里了,她问:"啥……完啥事?"

柄子说:"你跟村长的好事啊。"

原来柄子刚到地里就回来了,进家时正好赶上村长逼着红秀正办那事,于是他调头就出了家门,到外面溜了一圈才拐回来。

红秀"扑通"一声就跪在柄子面前了。她说:"柄子,我对不起你,可是我一个女人家也是没有办法啊,现在你既然已经知道了,愿打愿骂都随你,就是杀了我,我也不会怨你。"

谁知柄子却笑了,像得了个宝贝,他拉起红秀说:"谁说要打你骂你了,这种事我在外面见得多了,根本算不得事啦,我也不会放在心上。不过我得问问你,村长他给了你多少钱?"

红秀愣了,好长时间没有反应过来,她机械地说:"钱,他没有给钱。"

柄子一巴掌打过去:"混蛋,不给钱你跟他干啥?"说完就怒冲冲地出了门。

不记得过了多长时间,红秀觉到有人进了家门,来人一进来就抱住了她。开始她以为是柄子,可回头一看,竟然是村长。红秀的愤怒一下子爆发了:"你——给——我——滚!"

村长说:"滚?你叫谁滚?我是付了钱的。"

"付钱?"

"对,你男人收了我的钱,一下子要两百块,还说给我打了半价!"

很奇怪,好哭的红秀这次没有哭,她像死了一般,任由村长摆布。

当天夜里,村里发生了一起命案,柄子死了,据后来法医说,是他晚饭吃的面条里掺入了毒鼠强。第二天一早,红秀就被警车拉走了。

村里有人听到红秀临上车时反复念叨一句话:"我杀的不是柄子,俺柄子早死在外面了。"

（刘　璟）

(题图:箭　中）

原来是这样

一天，阿皮在报上看到一条寻狗启事：

> 本人于一周前丢失爱犬一条，系德国名种，黑色，毛略卷，体长60公分，叫的时候发出"吱吱"的声音，而不是"汪汪"的声音，颈带银白细链一条。有知情者请速联系，线索属实者，酬金1000元……

阿皮看了，心中又好笑又感慨：这年头什么事都有，找条狗就给1000元，真是比人都值钱呀。

下午，阿皮去公园下棋，身边围了一大圈看棋的。有个老头在旁边不停地给阿皮乱出主意，搅得阿皮心烦意乱，连着输了好几盘。

阿皮被众人笑得恼羞成怒,于是对支招的那个老头嚷道:"你会下棋不?不会下站在那儿好好学,别瞎指挥!"老头被他训了一句,似乎挺不高兴,叨咕了几句,就扭头走了,手里还牵着一条小狗。

阿皮回过头继续下棋,可脑海里突然灵光一闪:狗!那老头牵的狗和报纸上要找的那条狗很像!于是阿皮把棋子一丢,跳起来便挤出人群追了上去。

阿皮在公园里转了几圈,终于找到了那个牵着小狗的老头,他悄悄跟近,仔细看那条狗,果然跟报上说的一样,尤其是那根银白色的链子,一定错不了。这可是1000块钱哪,阿皮心里乐坏了!他走到老头面前,问:"大爷,这狗是您捡来的吗?"老头看了阿皮一眼,瓮声瓮气地说:"我跟着狗散步呢!"阿皮见老头脸上黑黑的,好像很久没洗过了,一脸胡子,衣服也脏脏的。原来是个要饭的傻老头!阿皮乐了,心说这就好办了。他对老头说:"这狗真好玩,让我牵一牵!"说着就要去接老头手里的链子。谁知老头退后两步,一脸紧张地说:"我跟狗走!我跟狗走!"他这一嚷嚷不要紧,经过的游客好几个回过头来看。阿皮连忙撒手,心说不要被别人以为自己在抢老头的狗呢。

老头这时也不理阿皮,扭头就往前走。阿皮没辙,只能在后面跟着。老头人傻,却很小心,始终拽着狗链子,连上厕所都不撒手。阿皮白跟了两个小时,累得口干舌燥,两条腿都跑细了,还是没牵到狗。

老头转着转着又回到起先阿皮下棋的地方了,他对象棋还挺有兴趣,在旁边一看就入了神。阿皮暗喜:真是天赐良机呀。他趁老头看得高兴,悄悄从他手里把狗链子拽了出来,然后抱起小狗就跑。小狗很乖,在阿皮怀里不叫也不挣扎,阿皮一口气跑到公园外,回头看老头并没有追上来,这才松了口气。他细看怀里的狗,毛色油黑发亮,两只大眼睛忽闪忽闪,惹人喜爱,难怪失主要出那么高的价格找它呢。

阿皮回到家，按报上提供的号码给失主打电话。那个失主一听狗找到了，果然很激动，二话没说，就约了见面地点。

见面一看，那失主是个40来岁的中年人，像个机关干部，他看见阿皮怀里的小狗，连声说："不错，就是它！你在哪里找到它的？"阿皮心说，狗都找回来了，你问那么多干吗，而且偷狗的过程也不怎么光彩，于是说："别管在哪儿找到的，不是送回来了吗？"中年人却不依："不不，在哪儿找到很重要，你快告诉我！"他见阿皮吞吞吐吐的样子，忙拿出一叠钱递过来："这是1000元酬金，你点点，不过你一定要告诉我是在哪里找到这条狗的！"

阿皮见他满脸急切的样子，只好把经过如实说了一遍。中年人听了，一把抓住了阿皮的胳膊："那老头呢？他在哪里？"阿皮没好气地说："我怎么知道那老头在哪里，他又不是我爸。"

"他是我爸！"中年人大叫。

"啊？"这下阿皮可蒙了，"他是你爸？你爸偷了你的狗？"

中年人说："你不知道，我爸有老年痴呆症，我们让他平时出去都牵着狗，跟着狗走，狗链子千万别撒手，这样狗就能把他带回家。谁知一个星期前，也不知怎么搞的，他和狗都跑丢了！"阿皮这才闹明白："敢情你是要找你爸呀，那你为什么不登个寻人启事，要登寻狗启事呢？"中年人苦笑着说："现在寻人启事那么多，而且老人的模样都差不多，找到了也没什么好处，谁会细看？找一条狗就容易得多，加上狗主人爱狗如命，都不惜重金，别人找的时候也就特别卖力了。我寻思狗找到的话，我爸不是也找到了吗？这年头，丢个人不算啥，丢条狗稀罕着呢。"

原来是这样啊！阿皮的脸像块大红布，他站在那里，张着嘴巴，半天说不出一个字来。

（包利民）

（题图：李　加）

最新骗法

　　晚饭过后,孙阿姨到街上散步,一个骑车女子从她身边经过,"叭嗒"从车上掉下个钱包。孙阿姨拨开喉咙正要喊她,从后面冲上来一个小年轻,捡起钱包就对孙阿姨说:"别吱声,这钱包是咱俩看到的,咱俩都有份。走,找个没人的地方,咱分了去!"

　　孙阿姨一听这话就明白过来:这不就是电视上说的那种连档骗术吗?孙阿姨不理他。小年轻自觉没趣,只好揣着钱包溜了,孙阿姨越想越觉得这伙人傻得可笑,这种骗术也太过时了啊!

　　这时候,迎面走来一个老头,突然拉住孙阿姨就问:"大妹子,你住这附近不?"孙阿姨点点头:"是啊。"那老头着急地问:"那你知道这儿有没有一个命算得特别准的大仙?"孙阿姨"扑咪"笑出声来:这不也是电视上揭露过的一种骗术吗？如果自己搭腔的话,紧接着就会上来一个自称认识大仙的人,随后就会拉自己跟他们一起去算命,再设法诈自己的钱。用防骗知识武装起来的孙阿姨自然不会上这种人的当,她鼻子里"哼"了一声,懒得和老头说话,只管散自己的步。老头看看搭理不上孙阿姨,也只好嘴里嘀嘀咕咕着走了。

被骗子骚扰了两回,孙阿姨没了散步的兴致,就决定往回走。刚转过身,突然"忽啦啦"围上来四五个年轻人,其中一个姑娘手里握着话筒,一个小伙子扛着摄像机,镜头正对着孙阿姨。

拿话筒的姑娘对孙阿姨说:"阿姨,我们是电视台的,想采访您一下!"

孙阿姨愣住了:"我有啥可采访的?"

姑娘说:"我们正在为电视观众制作一档如何识别骗子的节目,刚才您遇上的那两个骗子,其实都是我们故意安排的,但您两次都没有上当,太不容易了,所以我们想给您做个深度专访。阿姨,能不能去您家里拍些您日常生活的小片断,来增强节目的可看性?"

孙阿姨一听,乐呵呵地说:"怎么不能啊,这方面我真有些经验要给大家介绍介绍呢!"说着,就领姑娘小伙子往自己家里走。

孙阿姨的家在六楼,不算高,大家有说有笑地爬上楼。孙阿姨把门打开后,没想那钥匙却插在锁孔里拔不出来了,孙阿姨不好意思地对姑娘小伙子说:"你们先进屋坐!"

"行行行!"一行年轻人打打闹闹地往屋里走。

谁知待最后一个小伙子的脚刚踏进屋,孙阿姨突然"砰"一声猛地把门拉上,从外面锁住了,任凭里面的人怎么大呼小叫,也不理他们。

随后,孙阿姨从兜里掏出手机,先报110,之后又拨了一个号码,对着话筒兴奋地喊道:"喂,是电视台的王记者吗？我是你们

31号通讯员啊！我给你们提供一条新闻线索,一伙骗子骗了我两次没成功,竟然冒充你们电视台的记者,想到我家里再去骗。现在,我把他们全锁在我屋……"

孙阿姨话还没说完呢,就听到电话那头王记者大叫大嚷的声音:"台长,不用报警了,小李她们被关的地方知道了!"

孙阿姨吓了一跳:"怎么回事?"

就听王记者在电话里说:"孙阿姨,这回您搞错啦,那几个人真是我们电视台的,是新来的实习生,台里刚接到他们电话,说拍节目时被一个女人骗了,关在屋子里。您老也真是的,怎么不弄清楚就把他们当骗子抓啊?"

孙阿姨满腹委屈地辩解说:"王记者,别怪我啊,你上回不是说要我们通讯员多留意骗子的最新骗法吗? 你不知道,那些人说是要采访我,可我一看,他们对着我拍的那个摄像机,连镜盖都没打开,这能不让我怀疑吗?"

(刘　丹)

(**题图**:刘斌昆)

情 感 地 带

　　在不同的环境中,人类的感情怎样变幻无常啊! 我们今天所爱的,往往是我们明天所恨的;我们今天所追求的,往往是我们明天所逃避的;我们今天所愿望的,往往是我们明天所害怕的,甚至是胆战心惊的。

陪老服务

　　如今的年轻人都很忙,很少有时间陪他们的父母说说聊聊、走走逛逛,因此许多老人都感到很孤独,而孤独恰恰又是老人们最怕的。

　　下岗工人阿强看准了这一行情,率先干起了"陪老服务"。所谓陪老服务,也就是上门陪那些孤独的老人们读报、下棋、聊天……按钟点收费。有些老人心里高兴,还另外给些小费,这一来阿强虽然很忙,但收入比他在单位里拿工资要多。阿强还盘算着办一家"陪老服务公司",为老人提供学习、健身、娱乐、旅游等一系列服务。

　　阿强有个老娘,一个人住在郊区老家那座老屋里,陪伴她的除了一条狗、一只猫和两只老母鸡,没有一个亲人。以前,为了使老娘不感到孤独,阿强每个星期必定要回去一次,给她带点吃的,还跟她聊聊天,可自从干起"陪老服务"以后,每天都得围着那些老人们打转,再说时间就是金钱,阿强只得把看望老娘的时间给挤掉了。娘思儿心切,几次来电话,要阿强回去一趟,阿强每次都说:"娘,真对不起,我实在太忙,等空一点我一定回来看您老人家。"可是一等两等,等了好几个月,都没挤出时间来。

这一天,阿强下了决心,回绝了几家客户,决定回家陪陪老娘,尽一次孝心,可谁知他吃了早饭刚要走,一个电话又把他拖住了。

电话是人民医院一个女护士打来的,说是8号病房有位姓王的老太太,住院好几天了,儿子在外面工作,事情又多,抽不出时间来看她,老太太心情忧郁,整天闷闷不乐,唉声叹气,这样一来,病情越发不见好了。女护士听说阿强陪孤寡老人排忧解闷很有一套,便请他到医院来,跟那位姓王的老太太聊聊天,让她开心起来。

阿强听完女护士的话十分高兴,他明白,老百姓的信任是他事业成功的基础。经过权衡,他觉得还是应该先去医院为王老太服务,至于自己的娘嘛,可以隔天再去,于是他当即答应:"好,我马上就到。"

他搁下电话,推出自行车,匆匆来到人民医院的住院部,找到8号病房,进门一看,只见三张床铺一字儿排开,躺着三个老太太,不知哪位是需要服务的王老太。他正在发愣,中间那张铺上的老太太抬起头来朝他望望,这一望让阿强吃了一惊:啊,这不是娘吗?他娘也认出了这个年轻人就是她日思夜想的儿子,便一骨碌坐了起来,叫道:"强儿,你来啦……"阿强急忙上前,拉住娘的手说:"娘,你怎么在这里?你有病为什么不告诉我一声?"

他娘抹了一把眼泪,有点辛酸,又有点高兴地说:"我几次叫人给你打电话,都说没人接,后来多亏邻居帮忙,把我送到这里。

好啦,你来了我就开心,你陪我聊聊天,我的病很快就会好起来的……"

娘儿俩说说笑笑地聊着,阿强从来没有看到他娘这么开心。正在这时,进来一位女护士,她见了阿强便笑笑说:"啊,你就是那位提供陪老服务的阿强先生吧,你来得真快呀!"阿强忙问:"请问小姐,你要我陪她聊天的王老太太是哪一位呀?"

听儿子这一问,他娘这才明白过来:原来儿子并非为她而来!她的眼眶湿了,说话都在颤抖:"儿啊,你今天不是来看我的?"阿强低下了头,只得把自己的来意告诉了娘,最后说:"娘,都是我不好,为了多赚钱,把您老人家给冷落了,您原谅我吧……"

他娘半天没说出话来,她想了好久,颤抖着手从衣兜里摸出几张钞票递给阿强,说:"这是你平时给我的钱,我现在全都给你,算作是给你的费用,你就像陪其他老人一样陪我几天,好吗?"说完,老人心痛如绞,泪如雨下……

阿强一把抱住娘,哭了……

(何　建)

(**题图**:谭海彦)

飘落的红头巾

那天早晨,龙子刚刚醒来,蹲在一边抽闷烟的父亲便扔过一套衣服,说:"你把它换上,今天爹带你赶集去。"

听说赶集,龙子乐了。记得四岁那年,他曾跟父母赶过一次集,好玩极了,那次父亲还给母亲买了块头巾,鲜红鲜红的,十分好看,把母亲高兴得咧着嘴巴直笑。可从那以后,他再没赶过集,每次提出要求,父亲总没好气地说:"去去去,没空!"今天不知为啥,父亲居然主动带他赶集去,乐得龙子直想在炕上打滚翻跟头。

吃罢早饭,父子俩出了门,父亲在前,儿子在后,谁也不说话,只是默默地赶路。突然,龙子一阵小跑,赶上父亲,一把拉住父亲的手,说:"爹,集上好玩吗?"其实这是明知故问,无非是想和父亲说说话,可父亲只是朝他看看,没答腔。

"爹,集上有什么好东西买?""爹,我们新房子造好了,是不是买些花纸来贴上?那多好看呀!"龙子一声一个"爹"地叫唤,但听不见回话。父亲今天心事重重,只顾闷头赶路,连"嗯"都不"嗯"一声。

龙子觉得很奇怪,抬起头来朝父亲看看,不解地问:"爹,你怎么啦?"

父亲这才停下脚步,蹲下身来说:"龙子,赶完集,你到一位大伯家住几天,好吗?"

儿子从未离开过自己的家,听父亲这么 说,不觉失声叫道:"不,不要,我不要嘛!"这叫声像是抗议,又像是乞求,更像是一把钢刀,戳得父亲心里一阵阵发痛,父亲心里在想:儿啊,你体谅体谅爹吧,爹也是出于无奈呀……

龙子的父亲今年三十二岁,三年前妻子抛下他和五岁的儿子,撒手西去。从此他又当爹又做娘,日子过得很艰难。当时许多人劝他再续一房,并为他牵线搭桥,他没答应。他说,妻子尸骨未寒,不忍心。就这样苦撑苦熬了三年,儿子如今已经八岁,他觉得应该有个女人,让这个残缺的家重新完整起来。前不久,有人给他介绍了一个女人,长得白白嫩嫩,像刚从窖窖里挖出来的大白菜,比他前妻漂亮多了,于是认定:非她不娶!女方对他的人品似乎没有异议,只是提出两个具体问题:一、要盖座新房子;二、不要儿子。态度也很坚决:这两个问题不解决,不嫁!

房子问题,通过努力已经解决,可是儿子的问题却比较棘手。今天赶集,龙子父亲便是试着来解决这一问题的,所以在途中他要对儿子试探一下,看看能否顺利达到目的。

哪想到龙子不但不肯离开父亲,而且还问了这么一句话:"爹,是不是那个女人不喜欢我?"龙子父亲猛地打了个寒颤,两眼看着儿子,心想:才八岁的孩子呀,怎么说出这样的话来? 是介绍人来家谈事情时他在门外都听到了呢,还是有人在孩子面前说了什么?

他实在无法回答儿子的问话,只能闭着嘴巴不吱声。龙子见父亲不开口,又说:"爹,她到我们家来,我不会惹她生气的,真的!"

父亲一把拉住儿子的手,说:"小孩子别想三想四的,走,赶集去。"

他们来到熙熙攘攘的街上,在街角的石阶上坐了下来,父亲说:"累死了,歇会儿再说。"

不一会儿,来了个长满络腮胡子的中年人,他向龙子父亲打了个招呼,又细细地盯着龙子看了一阵,然后也在石阶上坐了下来。

龙子父亲从口袋里摸出一沓皱巴巴的票子,递给儿子说:"龙子,你喜欢买什么就自己去买吧。"龙子接过钱,愣愣地说:"爹,那你呢?""我在这歇会儿。""你可别走开呀!""去吧,我不走开。"龙子走了,很快消失在人群中。

龙子走后,络腮胡子往龙子父亲身边靠了靠,两人嘀嘀咕咕地交谈起来,最后,龙子父亲伸出三个指头,络腮胡子摇摇头,伸出两个指头。他们僵持了好久,终于各自作了让步,以折衷的价格成交。

这时,龙子父亲见儿子正从街对面蹦蹦跳跳地走来,忙对络腮胡子说:"瞧,他来了。你把钱给我,我走,你把他领走就是。"哪想没等他们把钱数清,龙子已来到跟前,兴高采烈地说:"爹,你猜猜,我买了什么好东西?"父亲似乎没听见他的话,只是说:"龙子,乖,跟这位胡子伯伯去,过几天爹来、来……来接你。"龙子顿时脸色大变,一把抱住父亲的腿说:"不,我不去!"络腮胡子走上前来,抓住龙子的手说:"今天可由不得你了,你愿走也得走,不愿走也得走!"

　　龙子抬头看看络腮胡子,一脸凶相,再望望父亲,他知道乞求已经无济于事,于是两眼一眨,计上心来,趁络腮胡子不备,使劲一甩手,挣脱了络腮胡子,撒腿就跑……

　　就在他横穿马路的时候,一辆疾驶而过的大卡车将他撞倒在地。龙子父亲一声惊叫,冲过去抱起血泊中的儿子,拼命地呼喊:"龙子!龙子……"

　　龙子微微地睁开眼睛,断断续续地说:"爹,我……我不……不……"他"去"字还没出口,便头一歪咽了气。只见他左手紧紧地捏着一副护膝,右手扯着的一块红头巾,无力地落在了血泊之中。

　　龙子父亲心里明白,这两样东西都是儿子刚买来的。他知道父亲有关节炎,冬天都戴护膝,而那块红头巾则是为那个女人买的。龙子父亲傻眼了,仰天一声悲喊:"我的好儿子呀——"当场晕倒在地……

（梁钦宽　改写）

（题图:黄全昌）

惨痛的惊喜

　　长白山深处，有一个林场。林场汽车队长姓杨名彪，年纪不大，却精明老练，还有手闻名林场内外的绝活：只要汽车打窗外开过，他坐在屋里一听，就能知道这车有没有毛病，毛病出在哪儿。他因此得了个绰号：神耳。

　　杨彪有位年轻漂亮的妻子，叫小英，两口子结婚还不到一年，正是蜜里调糖的时候。谁知，队里却传出了闲话，说小英和司机小罗关系不正常。消息被那些好事者一传，更是添油加醋，说得有鼻子有眼的。

　　起初，杨彪也不信，觉得妻子小英和那个司机小罗是老乡，交往得近一点也很正常，可风言风语多了，就不由人不信了。杨彪本来心胸狭窄，年纪又比小英大十来岁，最担心发生这样的事,于是他觉得,只有把小罗弄出车队,才能保住自己的妻子。

杨彪费了好大劲,才帮小罗在百里开外的乡镇企业找到一份好工作,本以为跟小罗一说,他准愿意,谁知小罗死活不肯走,说因为自己太喜欢这个林场了,就在这儿干定了。这下杨彪更认定了小罗心怀鬼胎,暗想:既然你不仁,就休怪我不义。他一咬牙,决定永绝后患。

杨彪知道,每年夏季山洪不断,公路塌方是常有的事。所以他在检修小罗汽车的时候,故意在刹车装置上做了手脚。这样,一时半会儿看不出什么,可万一遇到紧急情况要急刹车,刹车装置就会突然失灵……而在外人看来,顶多是一次意外的机械事故而已。

杨彪神不知鬼不觉地做完手脚后,静等机会来临。昨天晚上,他听天气预报说今早有大雾,就立刻行动起来,一清早,他先把几个老师傅派了出去,直到城里来电话要林场出车装货,杨彪才像刚想起来一样,问小罗能否跑一趟。

小罗一副惊喜的样子,好像早就盼着这一天似的。临出门时,他神秘兮兮地对杨彪说:"杨队长,但愿今天我会带给你一个惊喜。"

杨彪心不在焉地点着头,心里却盘算着:哼,大雾,坏路,失灵的刹车,够这小子受的! 当小罗驾驶的汽车从门外开过的时候,杨彪的"神耳"立刻听出:这辆车再也回不来了。他的嘴角不觉浮出一丝冷笑。

整整一个上午,杨彪都不知道是怎么过的,他一个劲地对自己说:要稳住! 就像什么事也没发生过一样。中午饭打来了,杨彪机械地嚼着,心里七上八下的。正在这时,电话铃响了。电话中,交警队通知他,小罗的车出事了,要单位马上去人。一路上,杨彪思前想后,不知道自己的布置是否有疏漏,不知道小罗是死是活。

现场一片凌乱,交警介绍说,看样子小罗在雾中没有看清路面上被山洪冲下来的石块,躲避不及,刹车又突然失灵,汽车翻下沟去,车毁人亡。

交警领杨彪去认尸。白布单下,小罗的脸异常平静。杨彪冷冷地看了他一眼,心中说:不要怪我,要怪只能怪你自己不识相。

他转身要走,交警拉住他:"这边还有一具尸体。"

杨彪愣了一下:"怎么,车上不是一个人吗?还有谁?"

交警走到另一张床前,掀起了上面的白布单。杨彪一看,顿时觉得全身的血都凝固了,头脑一片空白:床单下躺着的竟是自己的妻子小英。

杨彪"啊"了一声,僵在那儿了,心里突然涌起一股嫉妒、愤怒、被骗的感觉,他一下明白了,怪不得小英对那些流言蜚语从来不向自己解释,因为那些传言都是真的!怪不得小罗总说想进城玩玩,还在早上说要给自己一个惊喜!原来他们早就计划好了要私奔,给自己一个人财两空的"惊喜"呀。

车队中同来的人不知道杨彪心里的念头,只当他是悲伤过度,神智恍惚,就送他回家。有人发现桌上有一张便条,是小英留下的,连忙递给了杨彪。

这是一张注定要让杨彪痛苦一生的便条:

> 亲爱的:我搭小罗的车进城了。我想去医院检查一下,我可能怀孕了。我一直都没对你说,是想给你一个惊喜。可我现在又忍不住了,因为我知道:你在等我的解释。我想,孩子就是最好的解释吧,他的出生,将证明我是多么爱你。晚上我可能会回来得晚一些,等我。
>
> 妻:小英

(莫　非)
(题图:刘斌昆)

31 双绣花鞋垫

郑厅长到以前插过队的县里检查扶贫工作,半道上被泥石流阻断了去路。看情况,一时半会儿通不了车,郑厅长见路旁不远处有几户人家,就信步走了过去。

一个头发花白的农妇正坐在家门口聚精会神地纳鞋垫,锥一针,就举到眼前端详一阵,比绣花还仔细。她一抬头,猛然看见郑厅长,浑身一抖,手里的鞋垫掉到地上。

郑厅长忙说:"老人家,不要怕,我不是坏人,我是省里的干部,前边路断了,我下车来走走。老人家,你家里人呢?"

"都下地去啦。"农妇盯着他看了一阵,揉揉眼,幽幽地说,"别叫我'老人家',我比你还小呢。"

农村人显老,但要说眼前这个农妇比自己还小,郑厅长实在难以相信。不过他还是马上改口，叫农妇"大姐"。

农妇摇摇头，说："你也别叫我大姐，我真的比你还小。"

郑厅长觉得有点好笑："那我就叫你大妹子，这样行吧？"

"这还差不多。"农妇羞涩地笑笑，又瞧一眼郑厅长和他后面跟过来的秘书，说，"你们从省城来，还没吃饭吧？"

这一问，郑厅长才感到肚子真有些饿了，可是他不好意思麻烦农妇。正犹豫着，司机小马找来了，说前面的路起码还要两小时才能通行，请示他怎么办。郑厅长看看表，无可奈何地对农妇说："大妹子，那就麻烦你给我们做点饭吧，随便什么都行。"

农妇高兴地应了一声，赶紧淘米架锅，不多时，小方桌上就摆上了两菜一汤：香椿煎鸡蛋，油焖芋头，酸菜芸豆汤。农妇不好意思地说，家里能做的只有这些了。可是，郑厅长他们三个都觉得这顿农家饭的味道好极了，尤其是用沙罐焖的米饭，糯糯的，有一种奇异的清香，一向讲究"饭吃七分饱"的郑厅长忍不住多吃了一小碗，还说要把这口神奇的沙罐带回去"研究研究"，惹得小王和小马直笑。

农妇看他们吃得很香，满足地笑了，抽着空又拿起鞋垫来做。小王先吃完，随手拿过农妇手中的鞋垫一看，失声叫道："哇，真美，简直是件工艺品！郑厅长，你看看。"

郑厅长接过鞋垫一看，心头猛一震。只见这鞋垫用蓝布打底，金线锁边，脚掌部分用彩线绣着"鸳鸯戏水"，脚跟部分绣着"并蒂荷花"，做工精美，栩栩如生……

小王啧啧叹道："这么好的东西，哪个会忍心踩在脚下？"

农妇被夸红了脸，说："乡下人的玩意儿，让你们笑话了。这种鞋垫，我有一箱呢！"说着，她从里屋端出一只小木箱，打开，果然，里边全是同一个式样的绣花鞋垫。

小马忍不住问："这么多，你是做来卖的？多少钱一双？"

农妇摇摇头："不是卖的，我是为一个人做的，我一年为他做一双。31年了,我为他做了31双鞋垫,可是他一双也没穿过。"

小王笑了:"这个人是谁啊,真有福气!"

农妇犹豫了一阵,说:"几十年了,说来也不怕你们笑话。这个人是我们那个寨子的插队知青,他爸原来是县长,后来被打成叛徒,关进了监狱,他妈就和他爸离婚。他从小没干过家务活儿,连饭也做不熟,没人时就偷偷地哭。我那年才16岁,在家里已经顶个大人了,我有空就往他那里跑,帮他做饭,帮他洗衣服。有一次,他突然搂住我,亲我的脸,说他喜欢我,我让他亲,心里却怕得要命。那以后,我就按我们那里的风俗,做了这样一双鞋垫送给他。我说,哥,你亲了我,我就是你的人了,我给哥做一辈子鞋垫。后来没多久,他爸平反了,他就回了城,从此再没了音讯。过了两年,我就嫁到这里来了,可是人嫁了,心里头却总是记着他,时间越长,越是念想。我说过,要给他做一辈子鞋垫,就一年给他做一双,仔仔细细地做,不知不觉,已经31年了。"

想不到鞋垫里头还藏着这样一个故事!司机小王和秘书小马都听得有些发愣。

郑厅长朝小王努努嘴,小王掏出一张百元大钞递给农妇,算作饭钱,农妇死活不要:"你们吃得下我做的饭,我就高兴了,我哪能要你们的钱!"

小王为难地望望郑厅长,郑厅长挥挥手,说:"你们俩先去看看路通了没有,饭钱我来结。"小王和小马于是就一前一后地走出了屋子。

这时候,郑厅长把身上仅有的两千块钱全拿了出来,看着农妇说:"对不起,小慧,我们都老了,当年的事就不说了吧?这点钱,你留着用。"

农妇挡开他的手,含泪笑了:"你还认得出我,我就满足了。我虽穷,但活得下去,这钱你自己用吧。我没想到,今生今世还能看你一眼。"农妇把她装鞋垫的小木箱递给郑厅长,"我为你做了31双鞋垫,全在里边了,你拿走吧。你只要能用一用,我就是死,也闭眼了。"

郑厅长犹豫了一下,接过箱子,又递过钱来:"这算是我买的,行吗?"

农妇伤心了:"你再有钱,这世上总还有不卖的东西啊!"

郑厅长忙说:"好,好,那我走了。要不,这两个小家伙要转回来了。"

郑厅长抱着箱子慌慌地走了,农妇在门边看着郑厅长的背影暗自流泪。

小木箱不重,可郑厅长却觉得抱着它就像抱着一块沉甸甸的大石头,紧张得喘不过气来。走到公路上,见左右没人,郑厅长把箱子往路边的沟里一扔,随后快步向他的奥迪车走去。

小车开动了,郑厅长如释重负地喘出了一口长气……

(游 子)

(题图:王申生)

不许打我儿子

　　欧洲杯足球一开赛,大李就着了迷,每天都等到半夜,准时看球赛,看到兴奋处,还手舞足蹈,毫无顾忌地大喊大叫,常常把妻子王影从睡梦中惊醒。

　　对此,王影心里虽然不满,但却敢怒不敢言。

　　王影所以这么迁就大李,是有原因的。王影是和丈夫离婚后嫁给大李的,离婚的时候,王影七岁的儿子小光判给了前夫,可王影的前夫是个赌徒,一上赌桌便几天几夜不回家,常常把小光一个人扔在家里没吃没喝的。王影求大李把小光接到身边抚养,说儿子遭罪她寝食难安,大李虽然心里不乐意,可看着王影整天擦眼抹泪的模样,觉得怪可怜的,于是一咬牙就答应了下来。可说句心里话,大李顶不喜欢小光这孩子,长得跟他的赌鬼父亲一模一样,所以常常懒得搭理他,从不给他笑脸,不顺心的时候,看着他就更加来气。因为是前夫的孩子,王影自觉在大李面前矮了一截,所以就一直不敢多话。

眼看这回开赛已经第七天了,大李一连熬了七天七夜,实在挺不住了,可又不想错过每一场比赛,于是到了第八天上,吃过晚饭,他叫王影半夜到时候叫他,他自己倒头挨着枕头就鼾声如雷。

可谁知大李一觉醒来,天都大亮了,他立时火了,一把揪起身边还在熟睡的王影,劈脸就是一个耳光:"没用的娘们,连个时间都看不准……"一整天,大李都没搭理王影他们娘俩。

到了晚上,大李把原本放在厅柜上的闹钟拿进卧室,想定好时间,到时候让闹铃叫醒自己。可没想到那闹钟也不听他使唤,大李刚上完弦,它就开始响铃,怎么摆弄也不行。大李气得把闹钟往床头一扔,冲着在厅里做功课的小光大声怒斥道:"这玩意儿一定是你弄坏的,以后我家里的东西你不要随便动好不好……"

大李一边嘴里嘀咕着,一边上床抓紧时间睡觉。到了半夜,一阵闹铃声把他惊醒了,他睁眼一看,小闹钟在床头正"滴铃铃"地叫得欢,正是球赛开始的时间。呵,原来它好使哇?大李一骨碌从床上跳起来,心里别提有多得意了。

天天有闹钟闹醒大李,他每一场球赛都没有落下,看得那个过瘾呀!

这天晚上,大李临睡之前吃了几块冰西瓜,竟闹开了肚子。半夜里,他刚想起来上卫生间方便,突然听见房门"吱呀"一声被轻轻推开了,借着月光,他看见小光蹑手蹑脚地走了进来。

大李心里挺纳闷,便躺着没动,想看看这小子要干什么。

只见小光轻轻地走到他的床边,伸手拿过床头的闹钟,上好弦,又把它放回原处,然后就轻手轻脚地退了出去,不一会儿,就听见闹铃声大作。大李心头一热:原来天天叫自己起来看球的,是小光啊!小小年纪竟如此有心,真是难为他了。大李直觉得自己的鼻子发酸,他翻身从床上跳起来,冲到小光的房间,扭亮灯。

小光不知道大李要干什么,瞪着惊恐的眼睛看着他。

大李说:"这些日子都是你在叫我?"

小光点点头:"妈妈睡不好觉头就会晕,我不想让你生气,再和妈妈吵架。"

大李听了心里一"咯噔",突然有一种想抱抱他的冲动。可是,他刚伸过手去,小光的脸就抽搐了一下,咧着嘴"啊"的叫了一声,下意识地一把捂住了自己的胳膊。大李一看,他的胳膊上有一块淤青,好像是被人掐的。

大李第一次感到了心里的痛:"小光,谁欺负你了?"

小光冲着大李苦笑了一下,没有吱声。

这时,王影大概是被吵醒,也走了进来,听见大李问,没好气地说:"我打的,这孩子越来越难管了,老师今天找了我,说他上课总是睡觉……这样下去怎么了得?"

王影的话还没说完,大李的眼泪却止不住地流了下来,他一把将小光搂在怀里,哭着对王影吼道:"以后,不许你打我儿子!"

(月　寒)

(题图:安玉民)

握住你的手

　　石旺从大山里出来进城闯荡，经过几年的拼搏，终于有了自己的山货公司，开始赚大钱了，周围人也不再叫他石旺，而是尊称他"石总"。

　　石旺有了钱，免不了胡思乱想，反正老婆阿枝在几百里外的乡下，绊不住他的手脚，他于是就喜欢上了一个叫爱眯的姑娘。为了讨得爱眯的芳心，石旺在她身上大把大把花钱，买这又买那，有一次，他给爱眯买了条白金手链，还亲手替她戴上，爱眯开心得直往他怀里钻，嘴巴里甜甜地叫着："石总，你真是我的好哥哥！"石旺被她叫得心都酥了。

　　马上就要过年了，广播里预报说将有寒流侵袭，天气会特别冷，要大家做好抗寒准备。石旺一听，专门托人去买了一件貂皮大衣给爱眯,生怕冻坏了美人儿的娇躯,爱眯受宠若惊,就越发对石旺撒起娇来。

如此情势,石旺还怎么可能回乡下老家过年? 他勉强给阿枝打了个电话,说公司的业务忙,脱不了身,春节不回家了,然后就几乎整天围着爱眯转。他问爱眯想怎么过这个属于他们两个人的节日,爱眯说她是在城里长大的,想去山里看看雪景,石旺立即讨好地说,他就是个好向导呗。

一切收拾停当,石旺拥着爱眯钻进了公司的小车。开拖拉机出身的石旺这些年车技提高得很快,他左手娴熟地转动着方向盘,右手轻轻地抚着爱眯柔软的小手,两个人一路喃喃细语,那感觉真是太好了!

车内弥漫着浓浓的温情,两个人都沉浸在他们爱的世界里。不知什么时候,车外开始刮起了漫天风雪,白色的雪粒直往车窗玻璃上打,石旺和爱眯开始也还没有在意,直到小车驶过一个垭口时,车身猛一颠,车窗玻璃被颠开一条缝,一股冷气流从窗缝里猛灌进来,石旺握着方向盘的左手突然就不听使唤起来,石旺心里这才一个"咯噔"惊醒过来。

原来,石旺以前在山里的时候,左手曾经被寒流冻成过重伤,后来每逢严寒天气,他总要用家乡特有的野棉包裹麝香做成的厚厚的护套来保护自己的手腕。这几年进城了,城里到处有暖气,石旺再没有犯过老毛病,也就几乎把这事给忘了。

现在怎么办? 石旺有些不知所措。慌乱中,他急忙从爱眯手中抽回自己的右手,想把方向盘握紧,可是已经迟了,只听"吱——"一声怪叫,小车径直向垭边飞去。

爱眯被这突如其来的变故吓呆了! 就在这千钧一发之际,突然有辆装满栎树皮的大货车朝石旺他们的小车迎面驶来,只见"砰"的一下,小车撞上了大货车的保险杠,石旺一声惊呼,爱眯下意识地扑进了他的怀里……

幸亏迎面开来的这辆大货车,石旺他们的小车才没有翻下垭,而是侧着翻倒在垭口的路边上。不过石旺已经被甩出车外,两条腿正好卡在车轮下,虽说变了形的车身底下正好搁着一块不小的石头,整个车子的重量不至于都压在石旺的腿上,可他一时没法动弹。倒是爱眯,只是擦破了点皮,哭哭啼啼了好一阵之后,总算是从小车里爬了出来。

再看那辆装满栎树皮的大货车,还算经得起一"击",保险杠是撞歪了,但车上的东西基本没什么损失,只是震落了一筒栎树皮,皮筒"骨碌碌"滚到垭边,被石旺那辆翻倒的小车挡住了。

大胡子货车司机将车停稳后,急忙跳下车朝垭边奔来,爱眯扯起嗓子朝大胡子直喊:"大哥,快救救石总——"

爱眯一声呼喊,叫得石旺心里一暖,可大胡子却停下了脚步,嘴里嘟哝了一句:"什么'石总'?"

爱眯连忙解释:"就是石总经理……"

"哦,原来是总经理?有权有钱的人嘛!"大胡子突然掉头就走。

爱眯傻眼了,石旺心里也一愣:莫非这家伙想趁此机会诈钱?他朝爱眯眨眨眼,示意爱眯赶快掏钱给他。爱眯心领神会,摸遍全身上下所有衣服口袋,追上去把钱统统递给大胡子:"给,这钱归你,你快帮忙救救石总吧!"

大胡子看都不朝爱眯手里的钱看一眼:"我要钱干吗?我要你手上这条链子,这东西比钱好,放一万年都值!"

"你?"爱眯很生气,但回头一看石旺那可怜兮兮的样子,只好咬咬牙把手链褪了下来。

大胡子拿过手链,又得寸进尺:"我老婆连棉袄都没新的穿,她做梦都不敢想自己能有件貂皮大衣,听说穿着这玩意儿,就是掉进冰窟里也暖和着呢!"

爱眯知道今天是碰上无赖了,气得真想开口骂,却听身后传来"哗"的一声响,回头一看,石旺身边垭口的一块石头,因为经不住车身的重压,碎了! 情势十分危急,爱眯紧张得哆嗦了一下,极不情愿地脱下了身上的貂皮大衣。

谁知大胡子还嫌不够,他低下头,目光向爱眯的胸口扫去,不怀好意地说:"这位小姐,脱了大衣更好看,比我老婆强多啦! 嗤嗤……"大胡子的嘴巴里发出一阵怪笑。

"你还想干什么?"爱眯惊恐地瞪着大胡子。

就在这个时候,从货车滚落到垭边的栎树皮筒里,突然传出"哎呀"一声响,大胡子呆住了,爱眯更是吓得丢了魂似的,脸都变了色。

只见从栎树皮筒里钻出一个婆娘来,抖抖身上的衣衫,冲大胡子喊道:"贼男人,要看来看老娘的!"

大胡子吃惊不小,不过他很快就认出了这个女人:"你这个婆娘,我不让你搭车,你居然钻进我的栎树皮筒里了? 要是跌下山涧摔死了,怕是连神仙都说不清是咋回事哩!"

那婆娘可不怕大胡子,嗓门比他还响:"不用你担心,神仙不会让我死,神仙是叫我救人哩! 亏你还是个大男人,见死不救不说,居然还敢趁火打劫!"

大胡子气鼓鼓地辩解说:"你一个婆娘懂什么,我这是故意吓唬吓唬他们! 别看他们这些人明里是'总经理',暗里其实是'总坑人'。我为啥挑这日子出车? 你以为我不想在家过年啊? 我就是想趁这帮瘟神都回家过年了出车,一路上可以躲过他们层层揩油。你当我真趁火打劫啊? 要不是这女人喊什么'石总',我早把他拉出来了……"

大胡子还在嘀嘀咕咕,就见那婆娘使劲儿推推倒翻在地上的车,要俯身去拉石旺。大胡子急得大喊一声"危险",一个箭步冲了过去,他推开婆娘,自己侧着身子一个深呼吸,屏着气硬是一点一点把石旺从车轮下给拉了出来。

石旺像进了回地狱似的,半天才有气无力地睁开眼睛。他想要好好谢谢那个婆娘,要不是她,司机也不会死命救他,可抬眼一看,他惊得哪里还说得出话来!原来这婆娘不是别个,正是他乡下的老婆阿枝。

阿枝也惊得连连后退好几步,她叫着石旺的小名:"石头,咋是你?咋会是你呢?"

石旺不知道该说啥,只好讪讪地反问道:"阿枝,你咋会在这里?"

阿枝看石旺惊慌失措的样子,就说:"进城去看你啊!大过年的,山里路不好走,班车也停了,我只好去找过路车捎脚,找来找去,只有这大胡子的车进城,可怎么求他都不答应。哼,这帮男人没一个好心眼儿,要是我阿枝有个水柳一般的俏身段,他没准倒给钱都肯捎我……"

大胡子被阿枝说得不自在起来:"你这婆娘,怎么可以这么说话?你这样钻栎树皮筒,不怕冷风冻死?"

阿枝白了他一眼:"这有什么好怕的?钻筒里比穿貂皮大衣还暖和哩!告诉你吧,刚才我钻栎树皮筒的时候正睡得香,摔下的时候,还以为是车到站你要卸货了呢!唉,没想竟会是石头的车翻了……"

阿枝说到这里,忽然想起什么,转头问石旺:"你不是说公司事儿忙,不回家过年了吗?是不是事情赶完,改主意回家了?"

石旺左顾右盼,不知怎么回答阿枝。这时,爱眯走了过来,爱眯已经知道眼前这个婆娘就是石旺的老婆,她故意要在阿枝面前做出一副和石旺亲热的样子,就伸手去拉石旺。谁知石旺的手被她一碰,痛得"哎哟"一声叫,立刻伸出另一只手,把爱眯推了个大趔趄。

爱眯不懂石旺为什么要推她,可阿枝却一下子明白了,她不但看出此刻石旺左手的老毛病正发作着,一点儿碰不得,而且还看出了爱眯和石旺的关系。阿枝咬咬嘴唇,从怀里取出一只散发着麝香味儿的护套,递给石旺,说:"广播里说,过年风寒特别大,十多年都难遇一回,我就替你赶做了这个东西,你那老毛病要是发了,啥事也做不成。现在好了,也不用我进城了,这东西你拿去就戴上吧!"

　　一阵山风吹过,从护套里散发出来的阵阵麝香味儿直朝石旺鼻子里扑,闻着这股熟悉的味道,石旺不由低下了头……

(吴相阳)

(**题图**:魏忠善)

父亲啊父亲

　　大李在中医院当化验员，这天他下班回家，走到家属院门口，远远看到院里围了一大群人，走过去朝里一望，他的头"嗡"地炸了，只见人群里有两个人在吵架。

　　哪两个？一个是自己中医院的包院长，另一个就是自己的老父亲。

　　老父亲明明住在离城数十里外的乡下，他什么时候进城来了？况且大李搬来家属院才不久，老父亲根本没来过，他怎么会摸到这里的？吵的偏偏还是自己的领导。

　　大李慌得心里"怦怦"直跳，赶紧拉了旁边一个人悄悄一问，才明白是怎么回事。

　　原来，大李的老父亲李老汉今天拉了一车西瓜进城来卖，恰巧来到这儿的家属院门口,包院长听到吆喝声出来问价钱,李老汉递过一片切好的西瓜,笑呵呵地说:"您先尝尝,不甜不要钱!"包院长接过西瓜放嘴里一尝,突然"呸"地吐出几颗瓜子,连连摇头说:"甜什么甜,这瓜一点不甜,你便宜点卖吧!"

包院长其实是为了压李老汉的价故意这么说的,可李老汉认真了,他愣了愣,说:"这么好的瓜,你还说不甜? 我的瓜就是这个价,你不买就算。"

包院长平时威风惯了,现在被一个卖西瓜的老汉顶回来,弄了个大红脸。他见又有几个人过来买瓜,于是就在旁边阴阳怪气地说:"这算啥瓜,一点不甜。"

那几个买瓜的一听瓜不甜,转身走了。

这下李老汉火了,眼珠子一瞪,喝道:"你这人怎么这样缺德,你不买也就算了,干吗叫别人也不买我的瓜? 这不是故意跟我作对吗?"

包院长平时在医院里从来说一不二,没人敢在他面前这么说话,现在一个乡下卖瓜的老汉竟敢冲着他大叫大嚷,他脸面如何下得来? 于是,便摆出一副蛮横架势,说:"买不买是别人的事,说不说是我的事,你管不着!"

"好!"李老汉牛脾气也上来了,"你说我的瓜不甜,咱让别人尝,如果大伙儿都说我的瓜不甜,我就砸了这车瓜!"

包院长冷笑两声:"那好,我敢保证,这个院里没人会说你的瓜甜。如果有一个说甜,你这车瓜我全买了——每个西瓜一百块!"

两个人就这么较上了劲,就像犟牛上了磨。

这时,周围已经围起了一圈人,李老汉不再多说,挑了两只大西瓜,举刀"嚓嚓嚓"切成一片片,让大家尝。

大李弄清了事情的前因后果,心里不由暗暗叫苦,老父亲的脾性他太清楚了。大李出身农村,小时候性格内向,常常受同龄人的欺负,每次都是父亲出面,非得弄清是非曲直不可,在大李的心目中,父亲是英雄,是硬汉。记得有一次,村长家的羊啃了大李家的麦子,村长想抵赖,父亲不依不饶,硬是把官司打到了乡政府。就因为这种耿直的性格,父亲年轻时就被人送了个绰号:李不输!可是今天"李不输"的老父亲跟包院长扭上了劲儿,两个人谁都不会让步,让他大李怎么办呢?

大李的目光透过人群缝朝人圈中看去,只见这时候老父亲已经将西瓜切成了一片片,他给每个人送上一片,眼睛里透着自信和期待:这么好的瓜,谁会说不甜?

可谁知,那些尝了李老汉西瓜的人,有的眼神中隐藏着内疚,有的对李老汉充满了同情,可嘴巴里却都说着相同的话:"不……这瓜不怎么甜啊……"甚至还有人手里拿着瓜,身子却在悄悄往后退。

包院长得意地看着李老汉,李老汉的脸渐渐变白变青了:他是当地有名的种瓜能手,种了三十年的西瓜,年年又大又甜,怎么这些人会说不甜呢?他不信邪似的自己尝了一口,瓜没变味啊?他糊涂了,搞不懂是怎么回事。可他哪里知道:这里是中医院的家属院,这些人都在包院长的管辖范围,包院长发了话,谁敢不顺着他说?

眼看一圈人都尝完了西瓜,可真就没有一个人说甜。

李老汉的冷汗出来了,他急得直跺脚:"难道你们城里人成天被糖吃腻了?明明这么甜的瓜,咋就都说不甜?"他一边说一边往四处张望,希望还有谁再来尝尝他的瓜,替他说一句公道话。

包院长看着李老汉这副着急的样子,得意得简直要笑出声来。

忽然,他眼一瞥,透过人群缝隙,看到正站在人圈外面低着头的大李,不由朝李老汉叫道:"你还不肯认输?那好,我再替你叫个人进来,你让他尝尝,你的瓜到底甜不甜。"

大李就这么被包院长叫进了人圈。李老汉一看,这人竟是自己的儿子,他稍稍一愣,心里不由松了口气。

他不动声色,递过去一片西瓜,对大李说:"你尝尝,这瓜甜还是不甜?"

大李这时候已经慌得连站都站不稳了,他木然地从李老汉手里接过西瓜,放进嘴里,咬了一口。此时,他的神经已经麻木了,根本吃不出一点西瓜的味道,脑子里只有一个声音:我该怎么说?甜,还是不甜?

一边是父亲充满期待的眼神, 一边是包院长一脸的阴笑。大李不知该怎么开口,他想来想去,心里反复权衡:中医院是包院长个人承包的,聘谁不聘谁都在他一句话,如果当着这么多人损了包院长的脸面,自己好不容易找到的这份工作,还能保得住吗?

"我觉得,这……这西瓜……"大李的嘴里挤出细得像蚊子叫的声音,"不……不甜。"大李吐出"不甜"两个字的刹那,他自己感觉几乎晕倒,再没有勇气看老父亲一眼。

李老汉呆住了,他简直怀疑自己是不是听错了儿子的话。当站在一旁的包院长嘴里发出一长串得意的笑声时,李老汉才明白自己的耳朵并没有出错。顿时,他像头发怒的公牛,咆哮着冲上去,一把掀翻了那辆装着满满西瓜的三轮车,发疯似的用脚踹着从车上滚落下来的西瓜。

看着红艳艳又浓又稠的西瓜汁流了一地,人们都惊呆了。大李再也忍不住了,扑上去一把抱住父亲,哭喊道:"爸,别这样,别这样!"

包院长没想到这个卖瓜的老汉竟是单位职工的父亲,不免有些尴尬,干咳了一声,背着手转身就走。其他人见了,也都四下散了开去。

大李这才指着包院长的背影对老父亲解释，说这个人是自己的领导，实在得罪不起。李老汉一听顿时愣住了，半天说不出话来。

大李眼眶里盈满了泪水，说："爸，你怨我的话就狠狠打我吧！我也没法子，我不想丢了这份工作，胳膊扭不过大腿啊！"

李老汉铁青着脸，什么也没说，他"咕咚"咽了口唾沫，扶起倒在地上的车，蹒跚着走了。

回到自己的小屋，大李终于忍不住倒在床上号啕大哭。他心里好内疚：父亲一生倔强，从未向任何人认过输，如今自己却昧着良心让父亲丢了脸。自己还算个男人吗？

这一夜，大李翻来覆去睡不着，天亮的时候，他终于拿定了主意。

上班时间一到，大李揣着辞职信敲开了包院长办公室的门。昨晚他反复想过了：如果这件事就这样不了了之的话，自己将一生不安。虽然工作来之不易，但自己毕竟年轻，还能重新开始。毕竟是李不输的儿子，大李骨子里有老父亲不屈不挠的骨气！

包院长看到大李进来，略显尴尬地笑了笑，说："大李哇，你看昨天这事闹得……真是误会了……"

大李一咬牙，捏紧两只拳头，正要说什么，突然外面响起了敲门声，包院长见大李脸色不对，指了指办公室的一个侧门，说："你先到里间坐一会儿，我接待完客人咱们再聊。"

大李只好按包院长的吩咐，进了里间。

他刚在一张椅子上坐下来，就听见从外面传来一个熟悉的声音："包院长，对、对不起，昨天我错了，是我的瓜不甜，我的瓜是真的不甜！"

那不是老父亲的声音么？大李从椅子上一下子跳起来，他冲到门口，从门缝里往外瞧，只见他的老父亲手里拎着一个鼓鼓囊囊的塑料袋，脸上堆着笑，只是那笑里满是苦涩。

包院长也愣住了,不过他毕竟有经验,打了个"哈哈"道:"哪里,哪里,小事一桩,小事一桩啊!"

只见李老汉赔着笑脸,继续说:"对不起,包院长,真是我错了,我的瓜确实不甜……以后……以后还请您多多关照我儿子,谢谢……谢谢……"

说这几句话的时候,大李听出老父亲的声音有点发颤。

随后,就见李老汉把手里的袋子朝沙发前的茶几上一放,朝包院长招呼道:"您忙,您忙,不打扰了! 不打扰了!"他边说边退了出去。

老父亲前脚走,大李后脚就从侧门里走了出来,径直朝门外走去。他根本不看包院长一眼,因为不用看他也知道,此刻包院长的脸上一定挂着得意的笑。

由于走得急,大李带倒了父亲放在茶几上的袋子,从里面掉出来两条香烟、两瓶酒。

大李的泪水忍不住流了下来,他追到医院门口,在来来往往的人流中,他远远地望见了父亲的背影。不知什么时候,父亲的背驼得更厉害了……

(芦宏伟)

(题图:魏忠善)

老子教你开窗户

　　刘东亮有两个孩子,一个是男孩,他和前妻生的,叫小刚,今年9岁;另一个女孩,是他和现在的妻子生的,叫小妮,今年4岁。刘东亮的前妻在和他结婚的第二年就因病去世了,几年之后,刘东亮又认识了现在的妻子。

　　和现在的妻子结婚时,单位要分给刘东亮一套大一点的房子,可妻子说:"你儿子今后肯定不会听我的话,住在一起你就不怕把我气死?干脆你和单位说一下,看能不能给我们分两套小一点的房子,干脆让你儿子自个儿住。"

　　刘东亮也怕儿子将来和后母关系处理不好,于是就向单位说了。结果,他真就拿到了两套房子,都在一个单元里,一套稍大点儿的在二楼,一套小的在六楼。

刘东亮对小刚说:"你是个男子汉,要从小培养自己独立生活的能力,你一个人住六楼吧。"

刚上小学的小刚什么话也没说,默默地接受了这个安排。从此,他除了吃饭时来二楼,别的时候都在六楼他自己的房间里。二楼的房间装修得金碧辉煌,而六楼小刚的房间里,就只有几件简单的旧家具和一些用不着的杂物。

那天,刘东亮和妻子都得了病毒性感冒,妻子怕传染给女儿小妮,就对刘东亮说:"让我们小妮上楼去和小刚玩几天吧,可不能把她传染上。"

刘东亮觉得妻子的话有道理,于是就把小刚叫下来,说:"爸爸妈妈都感冒了,怕传染上妹妹,让她这几天和你去楼上玩吧。"

小刚答应一声,拉起小妮的手就要上楼,刘东亮突然又叫住他:"等等,上去以后你先把窗户打开,让房间里通通新鲜空气,记住了?"小刚点点头,随后就拉着妹妹上楼去了。

到了吃午饭的时候,小刚带着小妮下楼来,刘东亮问小刚:"你上去后开窗了没有?"

小刚没有说话,小妮在一旁摇摇头,说:"他没有开。"刘东亮不由瞪起眼睛骂了小刚一顿,再三嘱咐他千万别忘了开窗,外面正流行病毒性感冒,妹妹年龄小,可不能让她感染上。

到了吃晚饭的时候,小妮一个人先下楼来,刘东亮还没开口,妻子就急着问小妮:"你见你哥上去开窗了没有?"

小妮还是摇摇头,说:"没有呀!"

刘东亮的妻子立刻跳了起来:"我看你这个儿子是越来越不听话了,你再不好好管管他,他将来还不定怎么样呢!"

刘东亮的脸涨得通红,脖子上的青筋一跳一跳的,他拿过一根铁尺子,就要往楼上冲,就在这时,小刚走进门来。

刘东亮就问:"小刚,爸爸问你,你回去后开窗了没有?"

小刚眨了半天眼睛,吞吞吐吐地说:"没……没……"

刘东亮顿时气得火冒三丈,一把将小刚摁在床上,拉下他的裤子,挥起铁尺子就狠命抽起他的屁股来。一下、两下、三下……小刚的屁股不一会儿就由黄变红,由红变紫,最后渗出了血。小刚眼睛里噙着泪,可是一声不吭!

刘东亮实在是打累了,停下手,觉得还不解气,又大喊一声:"走!你现在上去给我开窗子,老子就不信教不会你!"

于是,小刚提着裤子一瘸一拐地在前面走,刘东亮手拿铁尺在后面跟着,来到了六楼。房门打开,里面漆黑一片,刘东亮伸手去按开关,可是灯没有亮,可能是灯泡坏了,刘东亮这才意识到,自己已经好长时间没有上来过了。

他灵机一动,掏出衣袋里的打火机,打着火,朝小刚吼道:"去,我看你究竟会不会开窗!"可是小刚站着没动。

刘东亮火了,一脚朝小刚踢过去:"哼,你不会开?老子开给你看!"说罢,他径直朝窗台走去。

走到窗台前,他手里的打火机火苗闪了几下,突然灭了。他又一次打着火,就伸手去开窗。可是,他伸出去的手停在半空不动了,他愣愣地瞪着眼睛:窗子还没有开,哪来的风呢?他终于看清楚了,那窗户上根本就没有玻璃。

刘东亮想起来了!几个月前,小刚对自己说过,妻子有一次上来,为了什么事朝小刚发火,把窗玻璃打碎了。当时刘东亮还说会给他安上的,可后来不知怎么就把这件事忘记了。

风从破窗口吹进来,把刘东亮的头发吹得飘了起来。他不由抱住头,蹲了下来,房间里发出一阵低沉的抽泣声……

(徐 洋)

(题图:魏忠善)

亲兄弟，免算账

渤海边太平村口，住着兄弟两个，大牛和二牛。

哥俩感情一直很好。大牛性格外向，头脑灵活，借着房子在村口的优势，开了家酒馆，生意挺不错；住在隔壁的二牛不爱说话，但有的是力气，就在自家地里弄了个猪圈养猪。二牛养猪与众不同，白天把猪放养到野地里，晚上才赶进窝里，所以他圈里出的猪，肉味特别鲜美。大牛的酒馆有一道特色菜——烤乳猪，用的全是二牛养的猪崽。

烤乳猪，是满汉全席中的一道名菜，大牛根据当地顾客的口味，对这道菜的烹饪方法又加以创新改良，烤出的乳猪不但香气扑鼻，而且通体颜色如琥珀，吃时再蘸些渤海边特产的海鲜酱，入口即化，肥而不腻，所以大受顾客欢迎。就凭着这道菜，大牛的酒馆名声大噪,很多外地食客也慕名前来,尽管菜的价格涨了好几次,可酒馆里始终顾客盈门。

大牛因此而财源滚滚,可他向弟弟收购猪崽的价格却没有相应提高。二牛没说啥,可二牛的老婆不乐意了,整天在二牛耳边唠叨个没完:"要是没有咱们起早贪黑地喂猪,他哪里弄那么多小猪秧子啊!"

这天,二牛给大牛送去十只小猪崽,可是回来后发现大牛只给了他九只猪崽的钱。他立刻回去找大牛,大牛拉着二牛来到后院,指着那些猪崽说:"兄弟,当哥的咋会糊弄你呢,明明是九只啊,你自己数数。"

二牛翻来覆去数了好几遍,数来数去就是九只,他无话可说了,只好闷闷不乐地回家。老婆一问,是这么回事,当场就跳起来了,蹿到大牛酒馆门口破口大骂:"还亲兄弟呢,明明十个猪崽,非说是九个,也不怕昧心钱赚多了不得好死!"

当时正是饭口,很多食客围拢过来看热闹,二牛老婆更来了劲儿,把平时陈谷子烂芝麻、有影没影的事全数落了一遍。大牛实在听不下去了,"啪"伸手给了弟媳妇一个耳光。二牛老婆哪里忍得下这口气,从地上抓把土往脸上一抹,就撒起泼来:"杀人啦,活不了啦……"

闻声赶来的二牛见老婆被大牛欺负,怒火直冲脑门,他瞥见地上有块破砖头,捡起来就朝酒馆玻璃门扔去,只听"哗啦啦"一声响,两米多高的门玻璃顿时被砸得粉碎。大牛老婆本来不想掺和进来,所以刚才二牛老婆在门口骂,她故意在店堂里不出来,可现在知道事情闹大了,忍不住一头冲了出来。兄弟媳妇四个扭作一团,食客们一看这情势,都吓跑了。

从此,大牛、二牛兄弟俩彻底断了来往。大牛因为收不到二牛的猪崽,这乳猪烤出来的味道就是不一样,于是来酒馆的食客一天比一天少;二牛呢,养的猪需要自己重新找买主,可是他为人木讷，没少上猪贩子的当，有一次竟然白白被人家骗走二十头猪崽，分文都没拿到。

兄弟俩都在自个儿家里唉声叹气：日子不好过啊！

这天深夜，二牛还在床上翻来覆去地"烙烧饼"，愁怎么给自己找新买家，忽然听到隔壁大牛家院子里传出一阵奇怪的声音，他悄悄从床上爬起来，跑到院子里，攀上院墙一看，眼前的场景把他吓坏了：只见几个蒙面人把大牛和他老婆绑在院子里的椿树上，嘴巴被塞得鼓鼓的，还有几个影子在里面屋子里晃动——大牛家来强盗了！

二牛"哧"地从院墙上溜下来，想去村里喊人。他刚要去拉门闩，老婆不知什么时候站在了他身后，一把拽住他，问出了什么事。

二牛附着老婆的耳朵三言两语把事情一说，谁知老婆狠狠推了他一把，说："活该，他们这是报应！你要开门，被强盗听见声响，不得连我们一起杀了啊？"

二牛顿时一屁股坐在地上，不知所措。

第二天，大牛家被洗劫的事就在村里传开了。据传，这帮强盗不但抢了大牛家的现钱，连藏在柜子旮旯里的首饰什么的，都没放过。看到大牛一脸愁容，二牛心里也很不是滋味，他好几次想去大牛家安慰哥嫂几句，可走到门口又退了回来。

初秋的一个夜晚，雷电交加，一个闪电过后，二牛家的屋顶突然冒出了火苗，火苗很快燃成了大团的火焰。二牛的老婆正好走娘家去了，二牛一个人没了主意，吓得傻呆呆地站在院子里直发愣。

这时，他突然看见大牛出现在了和他家一墙之隔的院墙头上，手里拖着一根水管，那是大牛从自家院子里的水龙头上接出来的，大牛举着水管对准二牛家着火的屋顶就喷起水来。二牛这才回过神来，于是也赶紧跑去拿水桶……

兄弟俩齐心合力，终于把火势压了下去。也许是这份兄弟情谊感动老天爷了吧，不一会儿，倾盆大雨就从天上倒了下来，火终于被彻底扑灭了。

惊魂初定的二牛"扑通"一声跪倒在满身是水的大牛面前："哥，我对不起你啊！"

兄弟俩抱头痛哭。

雨下了整整一夜，第二天天亮的时候，大牛家的院子里积满了水，大概是院里的下水道堵了。院子里的水退得很慢，二牛赶紧在自家和大牛家一墙之隔的墙根处刨了一个大大的通道，让大牛家院子里的积水从自家院里的下水道排走。

很快，大牛家院子里的积水被排干净了。当二牛帮着大牛一起打开大牛家院里下水道井盖，想疏通下水道的时候，他们被眼前的情景吓了一跳：一只大肥猪卡在下水道里！

二牛忽然明白过来：那只丢失的猪崽，原来是掉到下水道里来了；这些日子，它喝着酒馆倒在下水道里的泔水，长得又肥又胖，把下水管给堵死啦！

丢失的猪崽之谜终于解开了。从此以后，兄弟俩解了前嫌，又继续合作，大牛酒馆的生意一天比一天好，二牛的养猪业也越来越壮大。

(李子胜)

(题图：安玉民)

道 德 世 界

美德的道路窄而险,罪恶道路宽而平。可是,两条路止境不同:走后一条路是送死;走前一条路是得生,而且得到的是永生。

倩倩的果篮

市中心医院外科病房 305 室，住着个患者小姑娘，叫倩倩。和倩倩同住一个病房的还有另外五个病人。这天大夫们查房的时候，有个人急匆匆走进来，拨开众大夫，贴近外科主任的耳边说了几句。外科主任想想，说："实在没办法，就只能来这里了。"来人说："那这些病人得搬出去。"外科主任说："好吧，现在就搬。"

一道转移病房的通知马上就下来了，305 室的病人全部合并到其他病房去，据说是有重要人物要进住。

全病房六个人一下子就搬走了五个，剩下倩倩没地方安排，只得暂时留下来，但她的病床被移到了进门的拐角里。

第二天上午，睡梦中的倩倩听到人声嘈杂，睁开眼睛一看，哦,好漂亮哟,用鲜花做成的花篮把窗台、桌子还有地面几乎全都覆盖了起来,还有人在不断地送花篮进来。小倩倩爬了起来,看到病房中央,在鲜花和人们的簇拥中间,一张宽大的病床上,躺着一个漂亮的姐姐,她在和来看望她的人们说着话,她的床边堆着大包小包的食物和营养品。

这时倩倩的爸爸和她的新妈妈也坐在倩倩的床头。倩倩的爸爸和她的妈妈一年前离了婚,不久倩倩就有了这个新妈妈。

爸爸的传呼机响了,他看过之后对新妈妈说:"她要来!"新妈妈说:"她来我就走。"说着就要起身出去,爸爸一边拉她一边说:"她说就看一眼,马上走!"他们两个边说边出了病房,剩卜小倩倩孤零零地在床上看着热闹的场面愣神儿。

突然,有个人在倩倩的耳边叫了声:"倩倩!"倩倩扭头还没看清是谁,两颗湿湿的泪珠就落在了她的脸上。她定睛一看,是妈妈。她叫着:"妈妈! 你怎么才来?"妈妈说:"倩倩想妈妈了?"倩倩点点头。妈妈又说:"妈妈早就想来,可是……妈妈马上就得走。"说着她把倩倩搂在了怀里。

倩倩知道,妈妈以前的工作单位不知什么原因没有了,妈妈成了没有工作的人,她看妈妈比以前更黑也更瘦了,就想问妈妈找到工作没有。这时爸爸推门进来,妈妈把倩倩搂得更紧了,她贴近倩倩的耳朵,低声说:"妈妈给你买了一个水果篮。"说着把一个五颜六色的果篮拿到了倩倩的眼前,她的眼泪像断了线的珠子一样落在果篮的塑料薄膜上,发出了秋雨般的声音。妈妈又说话了,她的声音低得只有倩倩能听到:"妈妈给你放床下吧,水果下面妈给你放了一千块钱,你不是想学画画吗? 这是妈给你买画具的钱。别忘了,在篮子里面压着呢,记住了吗?"倩倩点点头,问妈妈:"你哪来的钱?"妈妈说:"妈妈找到工作了。""什么工作?""劳动!"

妈妈问倩倩:"妈妈在大马路上劳动,你不嫌弃妈妈吧?"倩倩眼里含着泪说:"不会的!"

妈妈走了,没有和身边的爸爸打招呼。倩倩探身子低头看看床下,下面放着那个落满妈妈泪水的果篮,她想伸手把它拿到床上来,这时一个护士进来说:"小姑娘准备一下,上 B 超室去做检查。"就这样,倩倩没来得及摸一下妈妈送来的果篮,就上了护士的手推车,去楼下做检查了。半路上另一个护士上来答话:"小刘,你们 305 室闹哄哄的,来了个什么官呀?"小刘护士答:"哼,什么官呀,是王副市长的秘书,还没我大呢,腿上有点小毛病,突然想起来要开刀,送东西的人山人海似的,屋里跟超市差不多了。"那护士一咧嘴:"还是当官好呀!"

躺在 B 超室,倩倩一直想着妈妈的果篮,那里边有妈妈放的一千块钱呢。倩倩想学画画儿,新妈妈和爸爸都不同意,不给她买画具,她就给妈妈打了电话。她并不指望妈妈能有钱给她,她只是想跟妈妈说说,可妈妈还是把钱拿来了。这下好了,自己将来能当画家了……她想着,盼着护士阿姨能快点把自己送回病房去。

倩倩终于被推回到楼上,可是没有回 305 室,而是进了另外一间病房,爸爸和新妈妈已经站在一张病床前等着她了。倩倩问:"这是什么地方?"爸爸说:"我们换病房了。"

倩倩上下看看,她的东西都搬过来了,就是不见妈妈给她的果篮,她急了,冲爸爸喊:"我的床下边还有妈妈送我的果篮呢,你快去给我拿来!"爸爸和新妈妈对视了一下,说:"咱们不要了,回头爸爸再给你买一个好不好?"倩倩说:"不行! 不行! 就不行! 我就要妈妈给的。"

倩倩张嘴就哭了起来,爸爸火了,冲着她的屁股"啪啪"就是两下,倩倩哭得更厉害了。

一直到睡午觉的时候,倩倩才不哭了。病房里的人们都睡了,楼里静悄悄的,爸爸和新妈妈不知上哪里去了,倩倩一个人下了床,悄悄地来到自己住过的305室门前。她轻轻地把门推开一道缝,就见那个漂亮的姐姐正一个人躺在床上。那姐姐也看到了倩倩,笑着招呼倩倩进去,问她有什么事。倩倩来到自己睡过的床前,弯腰朝床下看,哎哟! 整个床下边全是果篮,有大的,有小的,这可怎么办? 那姐姐问:"小姑娘,你找什么?"倩倩说:"我妈妈给我送的果篮就放在这里的,我想把它拿走。"那姐姐想了想,笑着说:"是这样呀,你随便拿吧,看哪个像,你就拿走哪个好了。"倩倩倒难住了,哪个是妈妈送的呢? 她想起了妈妈的眼泪,对,上面有泪水的肯定是妈妈的! 最后她选了一个外面有水珠的篮子,临出门时还说了声"谢谢"。

当天晚上,倩倩的病突然急性发作,大夫们抢救到很晚,但倩倩的爸爸还是得到通知,让他进去和倩倩说几句话,倩倩不行了。

爸爸拉着倩倩的手,倩倩脸色苍白,已经明显没有力气了,可她的嘴一直在动,眼睛也在疲惫地搜索着四周。爸爸问:"倩倩,你还有什么事吗?"倩倩强打起精神:"爸爸,你能帮我把那边那个姐姐叫过来吗?"爸爸犹豫了一下,还是马上把那个姐姐叫到了倩倩的床前。倩倩看着她说:"姐……姐姐,我床下面放的那个果篮,不是……不是我的,你……把它拿走吧!"

"为什么不是你的?"姐姐问。倩倩一字一句认真地回答说:"因为……因为我妈妈说,她在里面给我放了一千块钱,可那里边是……是两……两千块,所以不是我的,你还是……"

姐姐明白了,她急忙打断倩倩的话说:"是你的,倩倩,是你的! 再说,姐姐有很多钱,就算是姐姐送给你的,行吧?"

只见倩倩用尽了最后的力气,摇着头说:"不是我妈妈劳动挣来的钱……我、我不能要的。"

倩倩死了,她的脸上落下了姐姐的两颗泪珠。

（徐　洋）

（题图:魏忠善）

钓狗

有个小偷叫嘎三,在当地名气很响。

附近有个惯偷,叫猫头,这天,猫头把嘎三约到一家小饭馆,说是切磋偷技,暗地里却是想给嘎三一点颜色看。酒至半酣,猫头对嘎三说:"嘎三,听说你指功天下第一,这样吧,咱俩比试比试,谁输了谁磕头拜师,你敢不敢?"明知猫头来者不善,嘎三却显得非常大度,笑道:"行,咋个比法?"

猫头说:"咱都是靠手吃饭的,这样吧,咱就比比指头功夫,咋样?"猫头边说边就让饭馆里的小姐端来一锅沸油,随手丢进一块肥皂头,然后将手猛地伸进油锅,眨眼间抽出来在嘎三眼前一晃。嘎三看到那块肥皂头稳稳地夹在猫头的手指中间,而猫头手上却连半点油星也没有。

猫头自认出手不凡，可嘎三却撇撇嘴说："没这点本事还能干我们这行？看我的！"话音未落，他的右手也已经闪电般地伸进油锅，不过出来的时候，却空空如也。猫头哈哈大笑："嘎三，你输了。"嘎三说："你再仔细看看。"

猫头掰开嘎三的右手一看，两眼瞪直了：他手指缝里夹的不是肥皂头，是个翅膀直扑闪的苍蝇。嘎三将指缝一松，那苍蝇立马就"嗡嗡嗡"地飞走了。这只苍蝇油锅里走一圈没烫死，本事就够高的了，而嘎三竟能夹住它疾飞的双翅，准头之高，出手之快，那可就完全在猫头之上了。猫头对嘎三佩服得五体投地，倒头就拜师，两个人从此臭味相投。

不久后的一天，猫头哭丧着脸来找嘎三，说是受欺负了。嘎三勃然大怒："谁？我给你出气！"原来猫头的邻居是个寡妇，叫翠花，她在家办了个养鸡场，猫头平日嘴馋的时候常去偷鸡吃，可近来翠花买回一只狼狗，昨晚猫头刚摸进鸡棚，狼狗就蹿出来堵在鸡棚门口，东一爪、西一爪地撕扯猫头，等到左邻右舍赶到，狼狗猛地拽下猫头的裤头，把猫头搞得狼狈不堪，在大家的嘲笑声中，猫头只好光着屁股落荒而逃。猫头丢了大脸，今天来求嘎三给他出口恶气。嘎三说："这好办，今晚把狼狗弄来，咱们炖狗肉吃。"于是当晚，猫头便领着嘎三悄悄溜到了翠花的鸡棚。

说起嘎三偷狗，那可是一绝。咋偷？他先是把肉挂在渔钩上，狗一吃进肉，渔钩就钩住了它的嗓子眼，嘎三就赶紧收线，这样一来，狗既不能叫又不能跑，只得乖乖地跟着嘎三回家。用这种方法，香喷喷的狗肉嘎三不知吃过多少回，从未失过手。这会儿，嘎三胸有成竹地拽着挂着肉饵的渔线悄悄躲在暗处，那狼狗果然嗅着肉味寻来。不一会，渔线一动，嘎三赶紧收线，狼狗果然上钩了。嘎三得意洋洋地说："怎么样？学着点吧！"猫头佩服得直点头，乐滋滋地把嘎三带到了自己家里。

进屋亮灯，刚要收拾，却谁知那狼狗突然狂吠着蹿起来，把嘎三和猫头两人同时扑倒在地上。咋回事？原来翠花买的是一头退役的警犬，不吃死物，那狼狗是假意上钩，叼着渔线跟来的，等到狗叫声引来翠花，嘎三和猫头已经是披红挂彩伤痕累累了。从此以后，嘎三和狼狗结了死仇，嘎三想尽一切办法收拾狼狗，无奈狼狗鬼精鬼精的，就是不上当。

俗话说："不怕贼偷，就怕贼惦记。"这天晚上，嘎三正在冥思苦想要出这口恶气的时候，猫头欢天喜地地闯进门来，说发现了除掉狼狗的好办法。原来他家附近麻雀成群，他见翠花常在那里支筐箩撒秕谷捕麻雀喂狼狗。猫头对嘎三说："不如咱也捕些活麻雀拴在钩钩上，不怕狼狗不上套。"

猫头等不及，非要今晚动手。嘎三皱皱眉头说："晚上到哪里去捕活麻雀？"猫头说："我们那里有个马棚，有好多麻雀窝，正好晚上去逮。"于是两人连夜行动，直奔马棚。

马棚的橼子是圆的，一直伸出房檐外，这样橼子和墙之间有窟窿，正好可以给麻雀筑窝。嘎三和猫头配合倒也默契，猫头负责选准位置，然后蹲下身子，由嘎三蹬着他的肩往上攀。可谁知嘎三的手刚伸进麻雀窝，就"妈"的尖叫一声，重重地摔了下来。嘎三说："不对劲，咋凉飕飕、滑溜溜的？"猫头顿时大惊失色："糟糕，怕是七步蛇吧，它最爱吃麻雀。"一听这话，嘎三立时觉得手指头针刺般钻心地疼，用手电一照，右手食指上果然有一个针尖大的洞，还冒血呢！嘎三哭丧着脸叫道："快送我上医院！"

猫头惊恐万状地直摇头："不行，来不及了，听人说，碰到这种情况，最保险的办法就是赶快把被蛇咬的那一截剁掉。你……你……"

猫头的这种说法嘎三不是没听到过，这事儿必须当机立断，时间就是生命啊！两个人跑到猫头家，嘎三咬咬牙，叫猫头动手。猫头找来菜刀，可是举了几次，就是下不了手。嘎三急了，唉，谁让自己这么倒霉呢？他一把夺过菜刀，眼一闭，"当"地就剁了下去。嘎三有气无力地说："还是赶紧去医院吧,这伤口总得让医生看看才放心。"于是,猫头帮嘎三稍微把伤口包扎一下,随后两个人一脸汗水地奔到医院。

嘎三长出一口气。医生问:"指头呢?把指头用药液浸泡,去掉蛇毒,送到城里的大医院,说不定这断指还能再接。""再接?"嘎三一听就急了,怎么刚才就没想到把那截剁下的指头一块儿带着呢?他转身拉起猫头就往回奔,到了猫头家满地儿地找,可找来找去,就是找不到那截剁下的指头。嘎三急得捶胸顿足:"老天啊,帮帮我吧,时间一长,这指头的细胞坏死,就真没指望了。"可是折腾了一夜,就是没找着,这时天也亮了。

屁股大的地方,都已经"地毯式"地摸查寻找三遍了。忽然猫头灵机一动:当时到医院去的时候,好像看到隔壁翠花家的狼狗从眼前晃过,会不会是这畜生把我们盯上了?会不会是它把指头叼到马棚里去,在那儿等着收拾我们?他拉着嘎三火速赶到马棚,果然在那里找到了!两个人宝贝似的捡起指头一看,愣住了:不对呀,这指头好像没被七步蛇咬过呀!七步蛇咬过的指头,这么些时间早就应该是乌黑青紫的,可这……

嘎三的脸变了色,突然猫头冲着他大喊起来:"快看!"嘎三朝他手指的方向一看,自己为叼狼狗做的那枚亮晶晶的渔钩就躺在那儿!一想,明白了:原来两个人掏麻雀窝的时候,渔钩装在猫头的兜里,猫头蹲在地上托着嘎三时,渔钩从兜里滑出来掉在地上,嘎三摔下来的时候,食指恰好被渔钩扎了一个小洞,慌乱之中他们便认为是被蛇咬了。

嘎三的食指到底没有接上,因为送到医院,细胞早坏死了。这个教训嘎三记了一辈子。那猫头呢,因为怕走了嘎三的老路,也金盆洗手,从此改邪归正了。

(刘春山)

(**题图**:魏忠善)

老王头的新房子

　　老王头住的春城小区要拆迁了。房产开发公司说，楼盖好后，不愿回来的居民可以领一笔补偿费，愿意回迁的，就得按房屋面积大小再交一笔钱。老王头想回来，可是请人一算，他如果回来拿一套80多平方米的房子，就得再交两万多块钱。这下他傻了眼：每月只有300块退休工资，从哪儿凑这么多钱？

　　老王头正愁得睡不好觉呢，几年没登门的儿子突然回来了。

　　自打老伴去世，老王头一直跟儿子住，可儿媳妇嫌老王头脏，总指桑骂槐地把他说得鼻子不是鼻子、脸不是脸的，老王头心里头憋屈，就搬了回来。可儿子是个"妻管严"，老婆让他往东，他就不敢往西，儿媳妇不让他回家，他就真的没敢再回来看过老王头。今天突然回来，不用说，肯定是听到拆迁的消息了。

果然，儿子进门没几分钟，就言归正传："爸，听说咱这儿要拆迁？"

老王头点点头，没吭声。

儿子说："爸，那您先到我那儿住着吧，等房子盖好了，我再把您送回来。钱的事，到时候再想办法。"

老王头想想这里的房子一拆迁，自己还能住到哪儿去？到儿子那里去凑合一阵子也好，反正自己有工资，也不会白吃白喝他们的。于是，老王头将家里杂七杂八的东西送的送、卖的卖，处理了之后便就去了儿子家。

儿子没让老王头进他们住的屋，而是直接把他领到了他们住的正屋旁边的地下室。儿子吞吞吐吐地说："爸，您看，咱……咱家屋就这么几间，您孙子大了，客厅又常有人来，所以……所以只能委屈您老住……住这儿了，您不……不介意吧？"老王头能介意吗？老王头知道这其实都是儿媳的安排，他体谅地朝儿子点点头，二话不说就住下了。

老王头本来腿脚不太方便，自打住地下室，又阴冷又潮湿，行动就更不灵便了。以前在老房子，出门时街坊邻居们都会来扶他一把，可这儿谁来帮忙？越是不会走，他就越不想走，整天坐在地下室里发呆，除了一天三次儿子下来给他送饭，然后捏着鼻子把便桶倒了，他的生活里就再没了声息。

老王头于是就整天扳着指头算日子，一天又一天，总觉得新楼该盖得差不多了。果然，这天儿子来送饭的时候，告诉老王头说，回迁须交的两万多块钱，已经替他交了。老王头心里明镜儿似的：儿媳肯这么爽快地交钱，还不是因为看在以后能拿房子的分上？不过再想想，自己早晚得伸腿，随他们打什么主意去！他只是巴望着这样的日子快到头，能够赶紧搬回去，在新楼的阳台上支一把藤椅，喝一口茶，看看外面的风景。所以只要儿子下来给他送饭，他就催促儿子回去看看，看那儿的新楼是不是已经盖好了。

　　转眼,大半年过去了,正当老王头掰着手指计算回迁日子的时候,儿子却突然带回来一个坏消息,说房产公司盖的新楼因为质量不合格,被勒令停工,还要接受处罚。至于什么时候复工,还没个准信儿,听说可能要等段时日。

　　老王头一下子懵了,人骤然苍老了许多。他已经八十有四了,还能等几年? 总不见得眼巴巴地一直等到进坟墓? 从此,老王头每次见到儿子,他的第一句话就是:"开工了吗?"儿子总是向他摇头。以至于到后来,王老头再不问了,只是用询问的眼光望着儿子,可儿子照样还是摇头。

　　就这样,又过去了一年多。终于有一天,老王头病倒了,躺在床上不吃不喝,问他话也不回答。儿子慌了,要去请医生,妻子拦住他说:"到外面请医生花钱,你不如去把老头子单位的保健医生喊来,让他看看?"

　　儿子一想也对,忙跑到老王头的单位,把情况一说,单位马上派保健医生赶来了。

　　医生给老王头一搭脉,叹了口气,阴沉着脸对老王头的儿子说:"你家老爷子是有心病啊!"

　　儿子不明白:"心病? 啥心病?"

　　医生朝他一瞥眼:"亏你还是他儿子,啥心病你都不知道,我咋清楚?"

　　儿子被医生这么一说,尴尬地直挠脑袋,猛然明白过来:肯定是为了房子的事!

　　下午,儿子就带回来一个好消息:经过住户们的交涉,房产开发公司决定认罚,而且承诺马上开工。

　　这个消息像一剂强心针,老王头的精神头又慢慢恢复过来,当天晚上还喝了一碗稀粥。

　　这以后,儿子隔三岔五就给老王头带来好消息,不是说小区楼房又起高了几层几层，就是说有的住户已经急着要购置家具了，只是他们这一栋楼还没彻底完工，还不能搬回去。

开始，老王头听了儿子带回的消息挺高兴，还同儿子商量搬回去以后是不是要添几件新家具，买一把新藤椅。可是不久之后，他的病情突然加重了，不吃不喝，连眼睛都不睁一下，不管儿子对他说什么，都不答腔。

单位工会的领导来看老王头，他们在老王头的枕边发现有一叠公交车票，觉得很奇怪。他们叫来老王头的儿子，儿子凑近一看，呆住了：那一张张车票，都是通向拆迁区的新楼的。这么说，老爷子早已经回去看过那个地方，而且还不止一次？

天哪！分明是一个腿脚不灵便的老人，他是如何一步步挪到一里开外的汽车站，又是什么时候回去的呢？

儿子顿时羞得无地自容。因为他清楚得很，那个小区的新楼早就完工了，只是因为妻子不想让老王头生病死在将来会属于他们的新房里，所以才编出新楼没有盖好的谎话瞒着老王头，其实他们早已拿到了房子，并且悄悄把它租了出去……

（民　子）

（题图：魏忠善）

蛋清面膜

　　小美特爱美容,有什么好吃的东西嘴巴上不吃,尽往脸上抹,最早是黄瓜,后来是牛奶,这段时间又迷上了用鸡蛋清做蛋清面膜。正好她爸是菜市场摆摊卖鸡蛋的,她每天都要拿两个蛋去戳个小洞,取出蛋清做面膜。

　　她那抠门的老爸挺心痛的,觉得这是浪费,不许她拿。小美耐心地做她爸的工作:"爸,漂亮对于女孩子来说,就是命运,就是财富,就是幸福。你投资几个鸡蛋算什么呢,女儿漂亮了,将来给你找个又有钱又孝顺的女婿,你就再也不用起早贪黑地去卖这堆破蛋了!"

　　小美这番话,她爸爱听,而且越想越觉得有理。

　　没过多久,小美真有男朋友了,是工商所的王政。两人说好了,小美周末到王政家吃午饭,王政要让小美见见自己的父母。

星期天一大早,王政就来接小美了。小美正在用蛋清做的面膜美容呢,看到小美一脸黏糊糊的样子,王政吓了一跳。小美笑着说:"怎么,难看啊? 等会儿洗干净就好了,你可千万别逗我笑,一笑就有皱纹,效果就会打折。"

王政好奇地问:"你把蛋清掏空了,那剩下的蛋黄怎么办?"

"吃呗! 我把剩下的鸡蛋放在冰箱里,留给我爸炒菜用。"小美向王政挤眉一笑,"等会儿到你家里,是不是要我表现一下啊? 我最拿手的就是煎荷包蛋了。"

到了工政家,王政父母一看儿子带回来这么漂亮的女朋友,高兴得又倒茶又拿水果。小美说要和王政一起下厨房做饭,做一个最拿手的煎荷包蛋,王妈妈一听,喜得眉开眼笑。

菜是王妈妈一大早就买好的,鸡蛋看上去特别新鲜,上面还粘着几根稻草呢。小美把油倒进锅里,等油热得"嗞嗞"响的时候,她熟练地拿起锅轻轻转动了几下,让锅底的油均匀地流到锅壁上,然后拿起一个鸡蛋,在锅边一敲。可谁知就在鸡蛋下到锅里的一刹那,她突然发现从蛋壳里流出来的不是蛋清,而是清水,于是锅里的热油瞬间爆开了花,油滴溅到小美的脸上,小美疼得哇哇大叫,用手捂住了脸。

王政还算反应快,赶紧拿起一旁的锅盖盖住油锅,可就这么一会儿,他的手上也已经被溅起的油滴烫痛了。王政知道出事了,马上把小美拉到水龙头下用冷水冲脸,手忙脚乱了好一阵子。

幸亏没有伤到眼睛,可小美的脸上已经被油滴烫出了几个大泡。王妈妈又急又慌,这可怎么对得起小美,怎么向她父母交代呀? 她一边连连责怪自己,一边赶紧找烫伤药膏。

王政回想刚才的情景,又后怕又觉得奇怪。他跑到厨房,拿起那只鸡蛋壳仔细看,果然发现了问题:拨开鸡蛋壳上粘的草,能清晰地看到一小块补上去的鸡蛋壳,用胶水粘了不说,上面还涂了一点鸡屎;剥开蛋壳,这里分明是一个小洞,水就是从这个小洞里注进去的。

王政着急地问他妈:"妈,这注了水的鸡蛋你是在哪里买的?得去找他。"

王妈妈心有余悸地说:"就是在菜市场买的啊。本来买回来是想煮茶叶蛋的,卖鸡蛋的说,他的鸡蛋煮茶叶蛋特别香。唉,没想到会出这种事情。"

王政气不过,拉起他妈就往菜市场跑。

谁想王妈妈一路把王政带到卖蛋的摊位前,王政却一下子愣住了:摊位上坐着的,竟是小美的爸爸。原来小美爸爸把小美已经抽去蛋清的鸡蛋又注水后拿出来卖钱!

王妈妈看王政不说话,急得冲着小美爸爸就嚷开了:"你这个黑心的……"

王政脸涨得通红,拼命拉住他妈,然后结结巴巴地朝小美爸爸喊了声:"伯……伯父!"

"什么?"王妈妈愣住了……

(刘岳云)

(题图:彭 坤)

家里有棵摇钱树

　　王秤砣住在一个偏远小镇上，很早就开始做小生意，和秤砣打交道，所以人们就给他起了个"秤砣"的雅号。

　　最近，王秤砣的儿子叫他到城里去照顾孙子小强，王秤砣放不下自己镇上的生意摊位，儿子就给他算了一笔账。儿子说："你每天做生意早出晚归，一个月才弄几个钱？现在小强要上学了，需要人接送，雇个保姆得花多少钱呀？再说，保姆好不好还难说，万一是个骗子，把小强拐跑了，那后果可就惨了。"

　　儿子这么一说，王秤砣立马就舍下生意进城了，一心一意把心扑在孙子小强身上。

　　小强的学校离家比较远，王秤砣一天三趟往学校跑，早晚接送，中午送饭，逢上刮风下雨，身上淋了个透湿。儿子心疼他，说:"爸,你打个的吧! 这么大年纪,别累坏了。"王秤砣连连摇头:"不累,不累! 打的干什么呀,来回一趟十几块钱,能买二三十斤麦子,够我吃一个月的哩! 我来回跑跑,一分钱不用花,还能锻炼身体,多好!"儿子听他这么说,只得无奈地点头。

可是过了几天,王秤砣忽然问儿子:"你老说让我打的,这打的的钱你能不能报销?"儿子一愣,不明白他问这话是什么意思。

王秤砣解释说:"上午我送小强上学,看到有个老汉也去送孙子,他下车时,盯着司机要报销的发票。司机说,你一个农民要它干什么? 嘿,你猜那老汉怎么回答? 老汉说,我是农民,可我儿子不是农民;我不能报销,可我儿子能报销……啧啧! 瞧他那说话样儿,可神气了!"王秤砣说这番话的时候,脸上露出了羡慕的神色。

此刻,儿子很理解父亲的心情:他做了一辈子小生意,平时都是别人把那罚单那税票的扔给他,让他掏腰包,他何曾向公家报销过一分钱呢? 儿子脑子一转,立刻对王秤砣说:"爸,报销这事儿还不好办? 以后你打的,我给你报销。"

王秤砣脑子转得很快,说:"不是你给我报销,是让你到单位报销。你大小也是个头儿,要是这点本事都没有,那不是太没出息了吗?"儿子连连点头,说:"你放心,我当然是到单位里去报销。"

于是就从这一天开始,王秤砣送小强上学,就时不时地打起的来。不过,他还是很注意节约,多数也就是逢着阴天下雨、路上不好走的时候,所以一个月下来,也就是几十块、上百块的,儿子都如数替他给报销了。

这天,王秤砣交给儿子一叠车票,票号还都是连着的,加起来有一百多块。儿子吃惊地问:"怎么这么多?"王秤砣不好意思地说:"嘿嘿,是几个老伙计……想揩我一点油!"原来,王秤砣自从儿子给他报销车票以来,就忍不住要在人前炫耀一番,他新结识的那些老家伙们听说了，都很羡慕他有个当官的儿子，说这就像在家里栽了棵摇钱树。他们很想去远郊的森林公园看看，可都舍不得那十几块的车钱，王秤砣于是一拍胸脯，把他们的车钱都揽了下来。

儿子觉得只要让父亲高兴，钱花就花了，于是很爽快地把王秤砣递来的这叠车票往公文包里一塞。想了想，他又说："爸，你们难得跑这么远，你咋没请大家一起撮一顿？那里鲜鱼馆的菜味道挺不错的！"

王秤砣一愣："怎么，吃饭也能报销？"儿子点点头："是啊！你开个票就行了。"

这一来可就不得了了，从此，王秤砣一改平时小气和死抠的毛病，突然大手大脚起来，天天打的不算，还三天两头地邀请他那伙老玩伴们轮着酒家美餐。

这天，他们几个在街头溜达，忽见一家新开业的门店，招牌上赫然写着"洗脚城"三个字。王秤砣感叹："有钱人真会享福，连脚也要别人洗。"有人提议："老哥，让咱尝尝洗脚是啥味道可好？"王秤砣有点吃不准这洗脚的钱是不是可以报销，可他拉不下脸面，于是嘴一硬便说："这有啥不可以的？走，进去，我请大伙洗洗脚。"

可谁知这么一洗，就洗去了王秤砣几百块钱。王秤砣觉得不合算，拔脚要走，洗脚城里的小姐却缠着他们不放，说还要给他们按摩。那些老家伙忙说："你给这位大爷按摩吧，他可不是一般人物。"小姐一听，就硬把王秤砣拉到了楼上的雅间。

雅间里，灯光暗暗的，只放着一张小床，小姐把王秤砣往床上一推，就叫他脱衣服。王秤砣警觉地问："脱衣服干啥？"小姐说："你穿着这么厚的衣服，怎么按摩？"王秤砣想想也是，于是就把外衣脱了。

那小姐一看笑了："这位大爷，行啊！"一边说一边就趴了上来,嘴里还连声催促:"快点儿,快点儿,我们这里收费是按时间算的。"

王秤砣这才如梦初醒,原来小姐搞的是这号子名堂啊！他立马站起身来说:"我不要这个,不要这个!"可小姐却搂着他不松手:"不要也不行,你既然把衣服脱了,这笔生意就算成交了。"

这不是坑人吗？王秤砣可不愿吃这个亏,他气呼呼地吼道:"好啊,你这个丫头片子,居然敢坑我？你……你……"王秤砣又急又气,可他下面的话还没说出口,这时候雅间的门突然被撞开了,冲进来几个"大檐帽"……

最后,是儿子到派出所去把王秤砣领回了家。

儿子看着王秤砣直摇头,说:"爸,我实话对你说吧,你给我的那些发票,哪里是去单位报销,都是我自己拿的钱。我让你来带小强,一来确是帮我的忙,二来其实也是想让你来享享天伦之乐。妈走得早,你一个人带大我不容易,所以我就想着法子要让你宽心地用钱。唉,看来我这个办法错了啊!"

儿子说到这里,长叹一声道:"爸啊,不是我说你,要让你当官,你还不比和珅更贪？咱们就是当个普普通通的老百姓,也得常给自己提个醒啊!"

儿子一番话,说得王秤砣目瞪口呆。

(张兴元)

(题图:王申生)

热线电话

佘会明没什么特长，可他却也干起了"第二职业"。什么职业呢？给报社的新闻热线提供线索。

说起来也是偶然。那是去年，佘会明在商场和一个售货员发生了争执，对方不是什么善茬儿，"咣"给了佘会明一个大嘴巴，佘会明便气呼呼地去找经理。可经理胳膊肘向里拐，愣说是佘会明的错，佘会明气不过，回来后就给晚报"新闻热线"打电话。没想到报社不但把这事儿给登了出来，还发给他一百块"线索提供奖"。

这也能挣钱呀？佘会明再一留神，好嘛，原来哪家报纸都开辟了热线电话，凡提供有用线索的都给信息费，多的上千块，最少的也有五十块。天哪，自己一天累死累活地干，也拿不到五十呀！从那以后，佘会明就开始了这样的"兼职"。

结果一个月尝试下来，佘会明竟挣了五百块钱。于是他心里盘算开了：一个月五百，一年十二个月就是六千。如果再努力一下，结婚的钱不就挣到手了？

从那以后，佘会明就成了有心人，在单位也好，上街也好，他总是竖着两只耳朵，瞪着一双眼睛，到处找新闻。为了扩大自己的战果，佘会明还把这发财的渠道告诉女朋友娟子，他想让娟子和自己一起努力。

娟子十分聪明，佘会明告诉她的第二天，她就给晨报打电话提供线索，说城北那段老城墙的门洞有条裂缝。记者马上会同有关专家去实地踏勘，并立即把消息登了出来。娟子因此竟得了个线索提供一等奖，奖金五百块。

娟子拿这钱去买了件高级毛衫，还美滋滋地逢人就说："知道毛衫用什么钱买的吗？嘿嘿，我的稿费！"

得！娟子出马就成"作家"，佘会明不禁心里有点酸溜溜，不过他很快就释然了：我和娟子，谁跟谁呀？而且从此，佘会明对外也开始称自己是"作家"起来。

那天，佘会明路过菜市场，看到里面闹哄哄地围了不少人，他上前一看，原来是管理员正在教育一个卖注水肉的商贩，要对他进行罚款。佘会明赶紧挤出人群，用手机拨通了晚报的电话热线。

第二天，这事儿还真登出来了，可奇怪的是"提供者"却不是佘会明的名字。

佘会明给报社打电话询问，编辑回答他说："对不起，因为您不是第一个提供线索的人。"佘会明气得心里鼓鼓的，心痛自己白白花了电话钱。

晚上吃饭时，正好娟子过来看他，他把这事儿对娟子一说，娟子笑道："傻帽儿，这就叫市场竞争！"

佘会明寻思了一会儿:是呀,要不是这个理,怎么会有"捷足先登"这句成语呢?

佘会明对娟子佩服得不行,趁她不注意,"啵"地亲了她一口,说:"亲爱的,什么时候咱们的名字才能并排呀?"

娟子的脸上笑成了一朵花,说:"想结婚啦? 同志哥,努力呀! 有钱就有一切啊!"

从此,佘会明从事第二职业的干劲更高了,恨不得天底下的新闻都让他碰上才好。

这天下班,经过菜市口时,佘会明突然看到前面围了一大圈人。哈哈,又有线索可以提供啦! 得快! 他高兴得赶紧"呼"地跳下车,跑上去急急地问:"怎么啦,怎么啦?"

有人告诉他:"车子撞了人就跑,真没道德!"

佘会明本想再把情况问问清楚,可时间就是金钱哪,于是掏出手机"啪啪啪"就拨通了晚报的电话热线,而且一连打了三四一十二个电话,才住手。

这时候,天开始暗下来,佘会明看看表,是吃晚饭的时候了,他这才感到肚子有点饿,正想骑车回家,这时他的手机响了,一听,是娟子打来的。

娟子问:"你在哪儿呢?"

"我在菜市口,这儿出交通事故了。你呢?"

"我也在菜市口呀,我刚刚给报社打了九个热线电话,就是关于这起交通事故的。"

"哇,我也打了呀! 猜猜我打了几个? 告诉你,十二个。这回咱们是双保险啦! 你快过来,我请你吃比萨饼!"

这天晚上,佘会明和娟子比萨饼吃得真开心,玩得也开心。他们盘算着,照这个速度下去,他们明年就可以攒够结婚的钱了。

第二天,各家报纸都报道了菜市口的交通事故,还配发了相关文章。

晚报的文章题目是：几十人围观，数十人报料，无一人报警，生命之花凋谢。文章说：交通事故发生后，伤者本来完全可以有时间送医院抢救，可是在场的几十个人中，却没有一个向警方报案或是向医院报告，因此而延误了宝贵的时间。与此形成鲜明对比的是，就在同一时段，本报却收到数十个电话，提供这一事故的线索。请大家想一想，为什么会出现这种不正常的现象呢？这些线索提供者为什么就没有一个首先想到向急救中心打电话，抢救伤者呢？本报决定在充分听取群众意见的基础上，进一步完善关于提供线索者奖励措施的规定；并且决定，新措施就从这一次开始……

佘会明和娟子看完报纸就傻眼了。不过，从那以后他们也明白了一个道理：先做人，后作文！

（范大宇）

（题图：魏忠善）

给儿子过生日

　　这个星期天,刘小淘过 10 岁生日,爸爸刘安开车带他在街上兜了老半天风。

　　眼看晌午了,爸爸问小淘:"宝贝,想吃啥呀?"

　　小淘的馋虫儿早就上来了,掰着指头说:"扒鸡,还有猪蹄儿!"

　　"好好好!"爸爸一面应着一面掉转车头,朝市中心的翠湖路开去,那里有一家老字号扒鸡店,店里的扒鸡鲜香味美,在市里是出了名的。

　　不一会儿,车子就到了扒鸡店门口,父子俩下了车,一前一后跨进店门。店老板见胖墩墩的刘安带着儿子过来,二话没说,麻利地抓起两只大个儿扒鸡就打包,随后满脸堆笑地递上来,嬉笑着说:"嘿嘿,刚出炉的,还热着哩!"

刘安接在手里一掂量,转身递给儿子,拖长声音问老板:"多少钱呀?"

店老板连连摆手,说:"我就琢磨着您该来了,咱自己卤的鸡,啥钱不钱的!"店老板殷勤地把刘安送出店门外,刘安笑眯眯地冲店老板点点头,带着儿子上了车。

车开了不一会儿,又停下了。这是一家卖猪蹄的铺子,别看门面不大,装潢也一般,却也是远近闻名的老铺子,刘安带着儿子下了车,乐颠颠地走了过去。

铺子里,卖猪蹄的师傅正抡着小斧头在给顾客斩猪蹄儿,刘安一脚踏进去,咋呼说:"今儿猪蹄卤得咋样啊?赶紧给弄几斤!"

卖猪蹄的抬头一瞅,愣了一下,说是让刘安等会儿,他把先头几个顾客的生意做了。刘安站在一边有点不耐烦,可是又不好说什么,闻着满铺子香喷喷的猪蹄味儿,馋得不住地鼓着喉咙。

待先头那些顾客的生意做完了,卖猪蹄的抹抹手,问刘安:"您要几斤呀?"

刘安"吧嗒吧嗒"嘴皮儿,说:"你看着给……要不,来它十个八个的!"

"好嘞!"卖猪蹄的应了一声,仔细挑了十个鲜亮油香的猪蹄儿,一阵"噼噼啪啪"斩好,朝电子秤盘儿里一放,招呼刘安说:"八斤二两,八元钱一斤,应该是六十五元六角,您给六十元吧!"

刘安被他算得一愣一愣的,大着舌头说:"咋?你……你老板呢?"

卖猪蹄的笑了,说:"老板今天休息去了,我是他儿子,过来帮忙的。嘿嘿,刘所长,您放心,我不会算错的。"

刘安的舌头更大了:"怎么,你……你认识我?"

"怎么不认识您啊!"卖猪蹄的说,"您刘所长大名鼎鼎,常来吃俺铺子里的猪蹄儿……"

"那……"刘安生生打断了他的话头,"那为啥……"

卖猪蹄的依然乐呵呵地笑着:"您是说为啥让您五元六角?嗨,您常来吃俺店里的猪蹄儿嘛,老客户,该让呀!"

"那——好吧!"刘安脸"刷"地拉了下来,十分不情愿地从口袋里摸出一张百元大钞,朝柜台上一甩。

卖猪蹄的捡起钱票子,举起来透着亮光照了照,放进钱匣,然后就在零票盒子里扒拉。突然,他不好意思地抬起头,对刘安说:"抱歉,刘所长,还真没零钱找您哩! 请稍等,俺到隔壁给您换零去!"说完,就急急忙忙地跑了出去。

其实,刘安平时是这家铺子的常客,老板给他吃的都是不花钱的白食,今天老板不在,他一点便宜没占到,心里正火着哩,所以气哼哼地拎着一大包猪蹄儿,也不等找零,回头就出了店门。

坐进小车一看,儿子正缩头缩脑地躲在后车座里,刘安觉得奇怪:"你怎么啦?"

儿子朝他摇摇手:"爸,别说话。"

刘安一肚子火没处发,喉咙不由就响了:"你玩什么名堂?给我坐好!"

就在这时候,卖猪蹄的师傅气喘吁吁地回来了,一看刘安已经离开铺子上了车,他愣了一下,赶紧让打下手的小伙计把找零给刘安送过来。

小伙计赔着笑脸对刘安说:"真对不起啊,刘所长,让您久等啦!"小伙计从车窗里把钱塞给刘安,刘安也不正眼瞧他,接过零钱,朝旁边副驾驶座上一扔,开了车就走。

儿子"噔"的这下才把身子坐直,从后面伸长脖子探前来,对刘安说:"爸,往后你可要经常来这儿买猪蹄呀!"

刘安奇怪地问:"为啥?"

儿子说:"爸呀,卖猪蹄儿的是俺们班的郑老师呀!"

"啥?"刘安大吃一惊,"是郑老师?你咋不早说呢?你是故意躲到车上来的?怕他?"

"怕什么呀!爸,俺是怕郑老师知道你是我爸,就不肯收你的钱,所以才故意躲到车上来的。"

刘安一听,哼着鼻子脱口道:"哼,这世界上哪有什么不要钱的人!"可是说完,不知怎么他的脸有点红,赶紧偷偷从反视镜里瞥一眼儿子,还好,儿子两只眼睛正盯着窗外,大概并没在意他刚才说了什么。

刘安一把抓过旁边副驾驶座上的找零,要塞进口袋。突然,他发现这些钱哪止四十元呀,悄悄一数,整整一百元!刘安心里不免有些得意:"嘿嘿,谅你也不敢收我的钱!"

可是他马上就发现,钱票子里夹着一张小纸条。一看,上面写着:我是小淘的老师,不想看到您带着孩子这个样子来买东西;可我父亲撑起这个铺子不容易,所以我更不想因此而得罪您,请理解我的无奈。

读完这几行字,刘安顿觉脸上火烧火燎一般……

(王世超)

(题图:魏忠善)

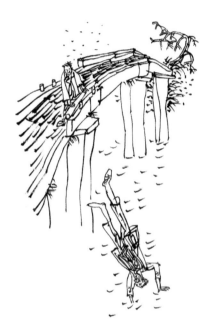

看不见的坟墓

俗话说得好,手心手背都是肉。然而在有些父母的眼里,手心是肉,手背却是骨头,有时甚至是啃不下的硬骨头。

柳成夫妇有两个儿子,大儿子阿江7岁,小儿子阿田4岁。正是麦收时节,柳成和妻子秀莲忙得一塌糊涂,根本顾不上照管孩子,于是便叮嘱哥哥阿江看好弟弟。

这天,天阴沉沉的,柳成夫妇怕下雨耽误了麦收,就心急如焚地割着小麦。正忙着,突然后山有人大声喊:"不好啦,有小孩落井了!"秀莲听到了,对柳成说:"你过去看看吧,是不是阿田掉井里了?"柳成说:"不会吧,阿田不是让阿江看着吗?"他抬头看看天,发现云更厚了,眼看大雨将至,便又低头加快速度割起麦来。

谁知过了个把小时，邻居急匆匆地找来了，说阿田掉进了后山的枯水井里，刚被人救上来，已经昏迷了。秀莲一听大惊失色，把镰刀一扔，拼命向家里跑去。跑到家门口一看，只见阿田躺在那里，浑身是血，脑袋几乎成了血瓢，秀莲搂住儿子，以为他死了，忍不住放声大哭。柳成找来辆架子车，把阿田抬上车就往医院跑。

医生为阿田拍了片子，半小时后，对正焦急万分等着拍片结果的柳成夫妇说："孩子脑子里有大量瘀血，必须马上做开颅手术，否则会有生命危险。"

秀莲不安地问："会死吗？"

医生点点头："说不定！如果活下来，也会留下后遗症，影响孩子智力。"

秀莲捂住脸痛哭起来。柳成呆愣半晌，问医生："这手术要花多少钱？""至少一万块。""一万块？"秀莲停止了哭泣，呆住了。他们哪里能弄到一万块？一万块可是他们四五年的收入啊！

一星期后，柳成夫妇回到了村里，村里人没见他们把阿田带回来，赶紧问怎么回事。秀莲揉了揉又红又肿的眼睛，说："孩子死了。"女人们听了，都陪着掉泪。男人们问柳成怎么没把孩子拉回来，柳成勾着个头，叹了口气，说："孩子暴死，就是拉回来也入不了祖坟，所以就在城里火化了。"

很快，人们便把这事忘记了。一晃十年过去了，柳成一家的日子渐渐好起来，他们攒了一笔钱，由于儿子阿江要娶媳妇，他们便用这钱盖了四间新房。

工程进展很快，再抹两遍细泥，房子就可以大功告成了。晚上，柳成和秀莲睡得很沉。突然，街心有人敲锣，高声喊："着火啦，着火啦！"柳成夫妇白天实在太累了，听到外面的救火声，他们还以为是做梦哩。过了约摸一刻钟，有人来砸门，叫他们赶紧起来救火，说他们的新屋被火连上了。柳成"腾"的从炕上跳下来，外衣都顾不上穿，喊了儿子阿江，就往外跑。

火是一个乞丐惹的，他在麦秸垛旁边点火取暖，不料引起大火，因为有风，很快就刮到了柳成的新屋。尽管众人拿着水桶、水盆一片忙乱，但终因火势太大，四间新瓦房的烈火已经很难扑灭。柳成看着大火，人像傻了一般，突然，他发疯似的拿起一根棍子就朝乞丐打去，打得那个乞丐头破血流，惨叫着满地打滚……

有人拉住了柳成，举起火把走到乞丐面前，一看，惊讶地叫起来："咦，他怎么像阿田？"众人闻言都围拢过来，拂开乞丐额前的头发，仔细看那眉那眼，眉心还有一粒黑痣，不是阿田是谁？可阿田不是已经死了吗？而且这乞丐一脸痴呆样，分明是个傻子……

众人面面相觑，便问柳成夫妇俩到底是怎么回事，柳成脸色阴沉，一言不发。他内心有愧啊！十年前，他见花钱也不一定治得好阿田，而且侥幸活下来还可能是个傻子，于是便和秀莲商量，硬是把阿田扔下一走了之，他怎么也想不到现在阿田居然又回来了。

秀莲也不说话，她伸手拉过阿田，用袖口给他擦了擦脸，然后就拉着他向家里走去。众人议论了一会儿，便散开了。

过了一会，柳成和阿江也回来了，柳成把秀莲拉进屋，不一会，只听屋里传来秀莲呜呜的哭声。阿江站在院里的大树下，看到阿田痴傻地冲着他笑，便到厨房去拿了个馒头给他。阿田狼吞虎咽地三口两口就把它吃了，然后又冲阿江伸出了脏兮兮的手，阿江便又去拿了两个。谁知阿田三口两口又吃掉了，还伸出手向阿江要。看这样子阿田已经饿了很久了，阿江就又到厨房去拿，前前后后一共拿了七个馒头，阿田统统把它们吃下了肚子，这才打着饱嗝，不再伸手。

这时候，太阳升起来了，暖烘烘的院子里，飘着一股酸臭味儿，显然是从阿田身上散发出来的。只见阿田一屁股坐在地上，手挠着头皮，长长的头发里爬着虱子，头顶大概是受过伤，有几处是秃的。阿江呆呆地看了阿田一会儿，拉起阿田说："走，我带你出去，我去给你洗洗。"

阿田似懂非懂，跟在阿江身后出了院子，手上不停地玩着一串五颜六色的玻璃珠子，还时不时地朝太阳晃了两晃，那颜色，漂亮极了。两人一前一后来到一座废弃的石桥边，那桥栏杆因年久失修早已摇摇欲坠，桥下河水湍急，人掉下去瞬间就会被卷走。

阿江停住了脚步，看着阿田说："阿田，我的好兄弟，小时候，我和小伙伴玩打仗，你总是暴露目标，像个甩不掉的小尾巴，我嫌你碍手碍脚，就把你推到枯井里。那时我不懂事，我对不起你！"见阿田朝他傻笑了一下，阿江缓了口气，又接着说，"可现在，再过两年，我就要娶媳妇了，所以你留在家里，对谁都没有好处。好兄弟，你就成全哥哥了吧——"说着，他一把攥住阿田的手，用力把他向桥栏杆边推去。

阿田似乎明白了什么，身子本能地向后仰，拼命挣扎，力气竟大得惊人。阿江急了，一把揪断阿田手上的珠子，玻璃珠在石桥上滚着，有几颗正好滚到阿江的脚边，可是他一点也没觉察到，拉扯中竟一脚踩到珠子上，一个趔趄，身子晃了几晃，竟一头跌进河里……

等柳成和秀莲一路气喘吁吁地寻来，问阿江哪里去了，阿田竟痴傻地笑着，指着河水说："被水吃啦，被水吃啦——"

（叶　梓）

（题图:魏忠善）

人 生 舞 台

表里如一,恪守本分,无欺无诈,正人君子为人处世应该这样。一个人在世界上受到重视或轻视,取决于他的行动,取决于他自己。

只想告诉你

　　去年春上，大老王母亲病重，家中只要能变卖的东西都卖了，只剩得空荡荡的一个院子。那些天，大老王总觉得肩上好像扛了个大磨盘，沉甸甸地直不起腰。被逼无奈，只得又重去雍州城南老鸦峪一带下井当煤黑子。

　　大老王下的是私人的小煤井，矿长姓杨，叫杨百万。这一带数他财大气粗，说话老仰着脸盯着天，从没正眼瞧过人，不过他待工人还算大方，只要肯给他卖命出力，钱倒是能挣一些。

　　大老王是做炮工的，那次下得井来，心里一直像揣了只兔子一般，老琢磨着像要出事。不知什么时候，煤头的顶板上竟然出现了一团水雾，还带着一股咸腥味儿。尽管顶板上经常有水滴下，但绝不可能有这种水雾出现，大老王哪还敢往下细想，急忙将跟班的窑匠水生叫了来。

这个水生每次下井，三言两句安排完活，就一头蜷在绞车房旁的木桩边，睡得像只死猪，不到耳边叫，绝不会醒。大老王扯破喉咙叫醒了他，他不情愿地跟着大老王到了冒水雾的地方，跟狗一样嗅了几下，冲大老王嚷道："瞎扯淡，好生生的哪有水雾，一点点炮烟罢了。"

放了三茬炮，往前进了三四米，眼看着那股水雾竟愈来愈浓，缓缓地由顶板往下弥漫，一股股咸腥腥的潮气劈头盖脸扑过来……大老王心里琢磨着要出事，不由得惊呆在木架边，心里"咕咚咕咚"蹦个不停……恰好此时，也该下班了。

当晚躺在床上，大老王怎么也闭不了眼，眼前老是浮现着一个活生生的画面：几具不知何方的打工仔的尸体，被抛弃在老鸦峪西边山山坳的一个洞里，风吹虫蚀，白骨森然。据当地人讲，那些都是煤黑子，因井下冒水被水冲了，抛在山洞里至今无人认领。

第二天早晨六点，水生急匆匆地跑来喊大老王他们下井，大老王歇班不干，没理他。水生见大老王不动，就装孙子样软磨硬缠，大老王仍然不动，水生没法，竟把杨百万搬来了。

杨百万还是那样仰着脸，好像是在看西边天上还没有来得及下山的落日。这时，杨百万突然垂下脸来，冲大老王瞅了好一阵，问道："是来挣钱的吗？"大老王点头说"是"，杨百万便对大老王吼起来："不想下井，能挣钱吗？今天下井，屁事没有；不下，干脆滚蛋。我杨百万一辈子最看不起的就是草鸡毛子厮软蛋，就这熊样，还打算捞钱？屁！"

后来，大老王还是跟水生下了井。这一班，一共下了十三个人。

水生这次下了井，没在绞车旁的木桩边睡觉，而是跟大老王上了煤头。水生让大老王打炮，大老王压根儿没理他，一屁股坐下来,任他吼破了嗓子也不动,水生抡起一把井下的长柄斧子想跟大老王打架,只是被人拦开了。后来水生说通了四川的打工仔赵财,说是一个炮眼十元钱,打一个算一个,上井就点钱,赵财平时也恨水生,可这钱诱人,他冲水生骂了一句,就抱起了钻枪。

赵财一个眼儿打下去,没事;俩眼儿打下去,还是啥事没有;第三个眼儿打下去,水生那张乌鸦嘴开口了:"瞅大老王那软蛋儿,我说屁事没有吧,他还不信。今儿赵财你挣了钱,可别忘了请我喝、喝——"还没等水生喝出个啥尿来,就听"哗啦"一声巨响,只见赵财抱着钻枪,被一股水箭像发射炮弹一样凌空撞去,像贴棒子面锅饼,再没动上一动。水柱由炮眼里喷射出来,瞬息间,炮眼已崩裂成锅口大小的口子,豁口处崩飞的煤圪垃撞击顶板的声音像炸雷一样,一架架木桩被拦腰击断,酸酸臭臭、咸咸腥腥的浊水劈头盖来……

水生扭头跑时,已经晚了,大水冲击的劲头将他掀起来抛上了顶板,又撞倒了一架木桩,几个浪头接连打来,他被冲进了一处煤旮旯里,再没出得来。

大老王那时连叫都没来得及叫一声,心里只有一个念头:死跑!他心一下提到了嗓子眼儿上,真的就像一只被鹰穷追的兔子,又窜又蹦,嘴巴虽张得老大,可大气都不敢喘上一口,无数次碰在煤帮上、木架上,无数次跳起、逃窜……出事的煤头离马背坡处足足有两百来米,大老王狂奔着,在马背坡处拐弯时,"吭"一声竟撞在煤牞上,这才感觉到帽子和矿灯早已不知去向,头"嗡嗡"地一阵眩晕,一股粘粘糊糊的液体急急淌下。大老王顾不得抹上一把,又慌乱地甩掉脚上的矿靴,凭借巷道两边微弱的灯光,终于奔上了马背坡上的平台……

那汹涌的水浪,就紧跟在大老王的身后,冲击着每一个角落,落顶塌方的声音此起彼伏,雷鸣一般,整个井下就像经历着一场大地震,眨眼间,那水也跟着冲到了马背坡下。

　　平台上的电缆突然闪出几道刺目的蓝光，灯光随即全部灭了，大老王知道那是水漫电缆后将井上的变压器烧了。眼前这一口黑井，就像是一副被埋在地下的棺材瓢子。

　　马背坡下的水几分钟内恐怕还不会漫上来，大老王忙趴下身子，摸着运煤的两行道轨，蹲在中间，凭着熟悉不过的地形，摸到了井口下。

　　电没了，载人的笼子自然不能上去，慌乱之中，大老王两手抓到一根通天钢丝绳，立刻赤脚蹬着油滑的井帮，攀附着往上爬。钢丝绳上的毛刺霎时撕破了大老王的衣裤，把他的手脚扎得血肉模糊……

　　那水也漫上平台，涌到了井口下，大老王往上爬一米，那水也往上漫一米，只是没了先前的那股猛劲。百十米的通天绳，大老王只爬了一半，就再也爬不动了，他死命地抱着那根通天绳，两脚蹬在井帮上，幸好那水也不往上涌了，在大老王的身下翻着水花，大老王这才渐渐松了口气……

　　几分钟后，井上有大绳吊下来，大老王用大绳把自己拦腰捆了，然后被人提上井来……

　　大老王躺在煤堆上，想哭，却无泪，两眼直呆呆地看天，看阴黑的云，看西边的山。他突然向西边的山洞狂奔，洞中那几具煤黑子的尸骨早已将大老王的脑子充塞得满满当当，大老王知道，没多久那里又要添上新的孤魂了。大老王奔到了那里，跌坐在洞口，眼盯着地上的一具具白骨，好久，好久……

　　不知什么时候，杨百万带了好多人也到了洞口。杨百万没有像平常那样仰着脸，他低着脑袋壳，显得很悲伤。他伸出左手，从口袋里抽出一沓百元纸钞，右手将胸脯拍得"啪啪"响："这是五千块！谁要替我出力卖命，我杨百万死也不会亏待谁，老鸦峪这一带你尽管打听去！"说完，他硬将这钱塞到大老王的手里。

　　大老王默默地看着手中的这沓钞票，心里像咬碎了十个苦

胆,苦苦的,涩涩的:这哪是五千块钱,不就是一沓臭纸吗？命要
是没了,要这龟孙东西有什么用?

不知什么时候,天变得阴惨惨的,风在山间盘绕,雨也"淅沥
淅沥"地飘落而下。人渐渐散去,大老王呆愣着坐在洞口,任着
雨淋风吹,一步没动,杨百万催人拖了大老王几次,大老王仍没
动身,杨百万最后恨恨地说了声"王疯子",便下山了。齐整整的
一天一夜,大老王寸步未离山洞,没有离开洞中那些不幸的煤黑
子。

那一班,大老王他们下去的十三个人,仅大老王和安徽的一
个煤黑子没死,其余十一个,全给水泡了。

后来,大老王才知道,原来杨百万自打这井时,就知道六七
十年前日本鬼子曾在这一带采过煤,底部一经挖空,几十年后自
然就蓄满了水。窑匠水生把大老王发现的煤头冒水雾的情况告
诉了杨百万,杨百万说反正得打透放水,再设法把水抽干,这井
才能重开。可谁去放水呢？杨百万说事成之后赏水生一万块
钱,于是水生才来逼大老王他们下井⋯⋯谁料想他一万块钱没
拿到,倒赔上了一条命。

现在大老王把这事讲出来,只是想告诫那些在私人小煤井
做煤黑子的穷哥儿们:钱是人家的,你无论如何也是挣不完的,
只有你这条命,才真正是你自己的呀⋯⋯

（王文喜）

（**题图**:谭海彦）

要不要告诉女人

　　老泥瓦匠王福手艺好,在当地颇有名气,平日里东庄不请西庄请,在家的时间没有外出的多。他见多识广,积累了一肚子社会经验,在这一肚子经验中,让老人家终生难忘的只有一条:凡重要的事情,千万不可告诉女人。

　　他咋会总结出这么一条经验呢? 说来活长。

　　王福以前有个师兄,叫赵二,师兄弟经常合伙给人建房。有一天,他们一起给邻村建仓库,站在高高的架子上砌砖。师兄大概喝多了茶水,中间下去小解了两次,他砌的一段就落了后。天擦黑收工时,别的匠人都下了架子,师兄为了赶上别人,就加了一会儿班。突然,他的手一软,一块砖从手里滑落,只听"哇"地一声,师兄低头一看;一个小孩儿被砸倒在地。他慌忙跳下架子,抱起一看,是个不认识的小男孩儿,被砸破了头。眼看没了救,师兄害了怕,左右看看没人,便一只胳膊夹住小孩儿又爬上架子。以前的屋墙一尺半宽,两边砌整砖,中间填碎砖和泥巴,称为"填馅儿"。也是情急生智,师兄把死孩儿往墙缝里一塞,上面压上碎砖,打一层泥巴,不显山不露水地把一场人命官司给盖住了。

如果师兄能守口如瓶,不随便告诉女人,这事一辈子也没人知道,人们就都以为小孩儿是掉到河里被水冲走了。可偏偏师兄爱在女人跟前喷大话,所以事情就暴露了。

那是一天夜里,师兄、师嫂心情好,躺在床上说闲话。师嫂说,村里某某人能说会道,数他有能耐。师兄不服气,说自己做过的事随便挑出一件,就能吓出老婆的尿来。师嫂说他吹牛,师兄忍不住就把几年前砸死小孩儿的事讲了一遍,果真吓得师嫂尿了裤裆。师兄告诫女人:"这是人命关天的大事,对外人千万说不得。"师嫂捣了丈夫一指头:"你当我傻呀?"

师嫂心里有事,就坐不安、站不宁。第二天等丈夫外出后,一个人越想越怕,越怕又越想,她在家里呆不住,就到邻居二大娘家串门散心。二大娘见她一脸惊慌,神色不定,便问她出了什么事,她开始不说,后来又憋不住,觉得二大娘不是外人,就把丈夫砸死小孩儿的事一五一十全抖了出来。说完后,师嫂再三恳求二大娘看在多年老邻居的份上,千万别告诉外人。二大娘也吓懵了,哆嗦着指天发誓:"告诉别人,不得好死!"

可二大娘也守不住诺言,第三天就把这事儿告诉了一位"自己人",于是很快就传扬开了,并拐弯抹角传到了外村。没过久,来了几个带枪的人,把师兄抓走了。人家寻到藏死孩儿的仓库,扒开墙一看,果真有小孩儿的尸骨。师兄失手砸死人家小孩儿,又长期隐匿不报,被判了刑,后来病死在远方的劳改营里。

王福对这件事感受最深,想起来就直打寒战,所以他在自己病危时,把两个儿子叫到床前,再三叮嘱道:"爹就要走了,爹有一件事一直放心不下,在走以前一定要交待给你们。你们要牢牢记住:成家立业后,凡重要事情千万别告诉女人。"待两个儿子一一点头答应后,老人才放心地闭上眼睛。

王福下世后,他的两个儿子相继成家,分开各自过日子了。

有一天,老大王发去镇里赶集买猪娃,遇见初中时的一个同学。两个人叙了一会儿旧,同学把他叫到僻静处,问他想不想发财,要想发大财,可跟他合伙做买卖。做什么买卖?原来这个同学正在贩假钞,急需两个帮手,正好遇见王发,知道他诚实可靠,就约他一起干。王发怔了一会儿,一时拿不定主意,便说容自己考虑考虑再说,就带上猪娃回家了。

王发为人老实,有了女人、孩子后,早把爹的叮嘱忘记了,一家人过日子,什么事都给女人说,日子久了,就养成了习惯:凡事请女人定夺,女人点头就干,摇头就拉倒。王发从集上回来后,就把同学相邀贩假钞的事一五一十告诉了自己的女人,最后眼巴巴看女人点头还是摇头。没想到女人不点头也不摇头,却把一双好看的凤眼一瞪:"嘿呀,看不出你学能耐了!"王发乐了,听一句女人的夸奖,简直比喝杯二锅头都舒服。可没想到女人突然指着他的鼻子骂开了:"我嫁的是清清白白的好人,不是坑国害民的坏蛋!你给我老实喂猪去,甭想学孬!"王发理亏,又有服从的习惯,就赶紧溜出去喂猪,边喂猪边琢磨:女人骂得没错呀,自己是堂堂正正的庄稼人,犯法的事不能干。他狠狠吐了口唾沫,算是彻底抛开了这个邪念。

再说老二王财这天也来镇上赶集,不过兄弟俩没有碰见。王发带着猪娃刚走,王财过来了,碰巧也遇见哥哥的那个同学。那同学跟王财也很熟,知道王财很精明,可以当自己的好帮手,就也把他拉到僻静处,约他合伙贩假钞,并说这是既省力又一本万利的买卖,包他眨眼之间发大财。那同学很诡诈,没有告诉约他哥哥的事。王财眼睛亮了几亮,可这毕竟是件大事,一时半刻也拿不定主意,就也说要回家后考虑考虑。

王财是个有心计的人,他牢牢记着爹的叮嘱,重要事情向来不告诉妻子。时间长了,妻子摸透了他的脾气,就也养成了习惯:凡事随他的便。王财从集上回来后,一个人盘算是干还是不干,脑袋里像有两个人在吵架,一个说千万干不得,贩假钞犯法;另一个却说,撑死胆大的,饿死胆小的,法网再严,也有漏网的时候。争来吵去,到底钱的诱惑力太大,王财决定"该出手时就出手"。日有所思,夜便有所想,王财当天夜里就做噩梦,吓出了一身冷汗,妻子关心地问他怎么了,他说受了点风寒。几天以后,王财对妻子撒谎,说要进城打工,他寻到哥哥的同学,一起贩假钞去了。

几个月后,就在王发一次卖出六头肥猪获得八千多元的时候,从城里传来消息:王财被公安局抓起来了!

（吴庆安）

（题图:黄全昌）

老光棍的索取

　　靠山村有个燕子姑娘，是省城一所大学的在校学生。今年暑假里的一天，她约了邻村几个读高中时的女同学，到家里来聚会。快到吃中饭时，燕子缠着要她娘做红薯煎包招待客人。虽说眼下地里的红薯还只有拇指大小，但当地人有个习惯，每户人家都会在离自家不远的山壁上挖一个红薯窖，把当年吃不完的红薯贮存起来，来年给牲口当饲料或供人餐桌上偶尔调调口味。对女儿的要求，做娘的岂有不允之理？燕子娘便叫燕子去开窖取些红薯来，姑娘们也有说有笑地跟着燕子出了门。

　　转过屋角不远便是红薯窖，姑娘们将堵在薯窖洞口的大小石头一一搬开，燕子便一弓身子钻了进去。突然，洞里"噗"地一声响，姑娘们吓了一大跳，对着洞内连喊几声，却听不见半点回音。原来开窖后通风时间太短,加之洞口又深,洞内严重缺氧,燕子进去没多久便窒息倒地了。大惊失色的姑娘们望着黑咕隆咚的洞口,谁也不敢进去,只知道在洞口呼天喊地地尖叫:"救命啊……"

正在危急之时,一个肩挑空谷箩的中年汉子刚好路过,他见状立刻将肩担一扔,端起一只谷箩,对着洞口猛扇几下,然后一头钻进洞中,很快就连抱带拽地将燕子救了出来。只见燕子脸色煞白,牙关紧闭,姑娘们围住她,揉胸的揉胸,掐人中的掐人中。好在抢救及时,燕子终于与死神擦肩而过,她微微睁开双眼,发出一声轻微的呻吟后,又虚弱地闭上了眼睛。

燕子娘闻声赶来,救人者却已悄然离去。她仔细地问清救人者的相貌特征后,觉得十分意外,因为搭救女儿的是村里最不起眼的土根。这个土根生性木讷,平时少言寡语,除了会刨几下土坷垃,啥能耐也没有,加之长相又不济,是村里最被人瞧不起的老光棍。但燕子娘是个厚道人,她认定不管是谁,只要救了女儿,就该报答人家。

燕子娘送走客人,将受惊后虚弱不堪的女儿安顿在床上躺下后,便在院子里捉了一只老母鸡,又角角落落找了一遍,酒、肉、饼、烟等装了一大篮,然后提着去土根家。没想到土根却死活不肯收,燕子娘没办法,想想人家不收,硬塞也没用,先拿回来再说吧,反正都是同村人,日后再寻报答的机会。

不料,她刚要转身走,土根却抢先一步将她挡住了。燕子娘一愣,只听土根说:"大婶,你是个明白人,今天若不是遇着我,你家燕子恐怕就没命了。"燕子娘心里"咯噔"一下:俗话说,锣鼓听声,说话听音。莫非他是嫌礼品太轻,想要钞票?于是连忙说:"土根兄弟,这话你不说我心里也有数,钱财再多难买命,你就说个数吧。"土根一听急了:"大婶,我不是那意思……""那你是……""我、我……"土根突然变得面红耳赤起来,结结巴巴地说："我想、我想要燕子她、她……"

燕子娘这才明白，原来这个老光棍是动了男女之心啊！她连忙一摆手打断了土根的话头，她知道如果让土根把话全说出来，那就尴尬了。若在平时，她没准会对土根好一顿数落，可今天不同，他是救命恩人啊！燕子娘赔着笑脸说："土根兄弟，燕子的事得燕子自己作主，做娘的可说不灵啊。"土根张了张嘴，还想说什么，燕子娘又抢先说道："你的意思我全知道，不用多说了，这样吧，过几天准给你一个回音。"说完，她拔腿就走，逃也似的离开了土根家。

燕子娘回到家里，慌慌张张把这事跟女儿一说，燕子哭笑不得，对救命恩人的满腔感激不由就打了个大折扣。母女俩琢磨了大半宿，觉得办法只有一个，三十六计走为上，让燕子提前回学校。反正只剩下七八天时间就开学了，人走了什么都好说，到时候大不了多给他一些钞票就是了。

燕子在家里只休息了两天，第三天天刚蒙蒙亮，燕子娘就陪着女儿悄悄地来到了镇上车站。也是该当有事，她刚把女儿送上汽车，谁知土根也正巧来车站。土根迎面见到燕子娘，就问："大婶，都两三天了，怎么也不见给回个话呀？"燕子娘心里"怦怦"直跳，连忙敷衍道："燕子身子骨还不利索，还在床上躺着哩，那事过些天再说吧。"土根似乎看出了什么，他满脸狐疑地朝汽车上望了望："大婶，你来送客？""不，我刚好路过这……"土根听了也不说话，用手扳开车门就要上去。燕子娘还没来得及拽住他，燕子却冷不丁从车上跳了下来："你不用上去了，我知道你想找谁。救命之恩早晚要酬谢，只是那天我娘没把你的话说清楚，请你今天再说一遍吧。"

燕子虽然是跟土根说话，眼睛却一直望着别处。她说这话是想将他一军：你土根敢当众说出那不知天高地厚的话，就不怕被人笑话？

土根果真怯场了:"其实也没、没什么……"

燕子却不依不饶:"你有话还是直说了吧,免得我娘日后不好作主。"

"那……"土根的脸憋成了猪肝色,"我……我知道你心气高,又是姑娘堆里的人尖儿,我没有别的意思,只要……只要你正眼瞅我一下……"

燕子没想到土根提的竟会是这样一个要求。扪心自问,她从懂事起,的确从来就没有正眼瞅过土根一眼,村里人都瞧不起土根,燕子自然也是。可是,当她下意识抬起美丽的大眼睛时,不由被震惊了:自己面对的是怎样一张渴求尊重的脸庞啊!顿时,她的眼眶湿润了,情不自禁地弯下腰去,向土根深深地鞠了一躬……

(龙江河)

(题图:魏忠善)

人眼看狗低

阿冬是只土狗,一出生就被主人收养了,朝夕相处,其乐融融。主人得到它虽没花一分钱,却整天也拿它当个宝贝一样对待:"乖阿冬,该吃饭了。""乖阿冬,让妈妈抱抱。""乖阿冬,跟妈妈去街街玩。"

阿冬每一次看见主人,就像看见自己的亲爹亲妈一样,手舞足蹈,亲切无比。

可谁知好景不长,自从主人抱回来一只京巴狗黄花,他们就把对阿冬的爱全部转移到了黄花身上。从此,"乖阿冬"变成了"臭阿冬",主人不但不陪阿冬玩了,还时时训斥它,甚至于恼怒地踢它,无论阿冬怎么努力,主人就是不喜欢它了。

阿冬在痛苦中闹明白了:黄花是主人花几百元钱买来的宠

物狗,而自己只是一只不值钱的柴狗,主人怎么会喜欢自己呢?

弄明白了这些,阿冬就不再生主人的气了,反而怨自己命贱:唉!谁让我出身不是名门呢?认命吧!

认命归认命,但狗也有狗的智慧,只要主人不在家,阿冬就会狠狠地欺负黄花,用嘴咬它,用身子压它,再恶狠狠地吓唬它。阿冬的策略还真管事,自己没被气死不说,黄花也老实多了,不敢老是在主人面前讨乖卖好了。

一日,男主人下班回来,又抱来一只京巴狗,这只京巴狗更漂亮更可爱,而且还神气得很,一进门就"汪汪汪"冲着黄花和阿冬狂叫。

女主人急了,对男主人说:"你疯了?咱家已经有两只狗了,又来一只,怎么养?"

男主人笑着说:"这是我们科长的狗,叫大腕。科长去党校学习,回来要升处长。他知道我养狗内行,叫我代他照顾。"

女主人一听,笑逐颜开:"科长升处长,看来你能升科长了!"

这下,大腕就成了主人家的宝贝,好吃的好喝的全先让着它,洗澡、游戏也全让它先来。

主人这样做,对于阿冬来讲没什么,它早已经习惯了做二等狗民,可黄花不行,它以前哪里受过这种气?它开始反抗,敌视大腕。以前它看不起阿冬,现在却整天和阿冬在一起玩,甚至还想和阿冬搞对象,生个杂种狗出来气气主人。

女主人马上看出了问题。这还了得,黄花怎么能和土狗相配呢?她再看看大腕,多纯正的狗呀,何不让黄花和大腕结合,这样生出来的狗不但纯正,而且还能和未来的处长结成狗的亲家,说不定以后丈夫升官会更快呢!

女主人越想越激动,激动得按住黄花就让大腕来交配。大腕兴冲冲地跑上来就要亲近黄花,黄花不答应,被女主人重重打了几巴掌,黄花屈服于女主人的武力,哭泣着被大腕占有了。

四个月后，黄花在痛苦的呻吟中生下了三只小狗，果然是纯一色的京巴。

男主人乐坏了，抱着大腕亲了又亲，连夜打电话把这个好消息告诉给远方的科长。科长夸了男主人一通，还特地关照给他留一只小京巴。

男主人放下电话，兴奋异常，可他根本没注意到，此时黄花却痛苦万分，泪水不断地往外流。

第二天，趁主人和大腕不备，黄花将自己的三个孩子叼到阳台上，一个个扔了下去，大腕看到了，发疯似的跳上阳台栏杆，冲着楼下嚎叫。

黄花瞪眼看着大腕，新仇旧恨一齐涌上心头：若不是你来，我何至于此？它越想越火，朝大腕身上猛扑过去，结果两个一起从阳台的栏杆间隔里扑到了楼下。等主人发现后惊慌失措地跑到楼下一看，地上鲜血淋漓，哪里还有一只活狗？

这下可闯大祸了，科长回来了怎么交待？

男主人跳着脚地骂女主人是蠢货："你这个笨蛋！都是你想攀高枝，把黄花往火坑里推，被大腕给糟蹋了。要是你平时多关心一下黄花，它怎么会跳楼！啊？"

女主人也不甘示弱，拔高了喉咙回骂："你才是蠢物哩！我受苦受累还不是为了你早点升官？大腕还不是你为了讨好你们科长才领回家来的？"

吵到最后，两个人打了起来，女主人力气小，打架吃亏，一气之下，回了娘家。

男主人气咻咻地一个人坐在沙发上生闷气，这时候，电话铃响了，男主人拿起来一听，声音都变了："是……科长啊……"

科长在电话里说，他回来了，这就来取回他的大腕，顺便再领个小的回去。

男主人吓坏了，放下电话，急得手脚冰凉。这可怎么办？想想自己的前途和命运,他越想越可怕。突然,他觉得心里一阵难受,豆大的汗珠"滴滴答答"直往下掉,"扑通"一声人就倒在了地上。

屋子里,除了男主人就只有阿冬了。阿冬一看主人摔倒了,急忙跑出去撞开邻居家的门,"汪汪汪"地叫着把邻居喊了来。幸亏阿冬求救,邻居及时把男主人送进医院,让他捡回了一条命。

第二天,女主人得知消息赶了回来,夫妻俩抱头痛哭。最后,他们搂着阿冬互相感慨道:"都说狗眼看人低,其实人眼看狗的水平也不高呀!"

(张开山)

(题图:箭 中)

人在做天在看

　　阿丽是个美丽的姑娘,从大山深处的穷山沟里走出来还不到一年,就嫁了个开药厂的有钱男人,人称常老板。可是常老板平时把阿丽看得很紧,连一毛钱也不让她随便花,阿丽受不了这种束缚,就想跟常老板离婚,可是常老板不肯。没办法,阿丽只有盼常老板早点死掉,好让她继承遗产。

　　可是这要等到什么时候呀,常老板今年才五十多岁,只怕等到他死的那一天,阿丽自己也活不了多久,人都是要老的嘛。想到这一点,阿丽心里很烦。

　　可想不到的是,老天很懂阿丽的心思。不久,常老板病了,开始是感冒,后来就整天咳个不停。常老板向来不吃西药,可中药的药效来得慢,他的病拖了几个月也不见好,反而越来严重。

常老板每天喝的中药都是阿丽给煎的,煎着煎着,阿丽就动起了心思:老家有一种有毒的山慈菇,当地曾有小贩当药材收过,如果把它弄来放进药里一块儿煎,不就可以神不知、鬼不觉地把常老板毒死?反正他病了这么久,死了也不会有人怀疑。于是阿丽借故回了一趟老家,把山慈菇带来了。

不过,当阿丽真把山慈菇放进药罐子的时候,她猛然想起了老家人常说的一句俗话:"人在做,天在看。"天真的长眼睛吗?阿丽不觉有点害怕。

不过阿丽很会安慰自己:世上这么多人,每时每刻都有人在做坏事,老天就算长了眼睛,也不见得能把每件事情都看得清清楚楚,自己只不过往药罐里多加了一味药,老天肯定看不出来。这么一想,阿丽把药端给常老板喝的时候,她就非常心安理得。

常老板果真当晚就死了。常老板的两个儿子闻讯从千里之外赶来,他们怀疑父亲是被阿丽害死的,阿丽自然死顶着不认账,于是两个儿子就把阿丽告了。

警方一调查,马上就怀疑常老板喝的中药有问题。但他们的疑点并不在阿丽身上,因为常老板喝的中药里有一味化痰止咳的药叫"川贝",这东西在市面上假货很多,就有人用便宜的山慈菇来冒充;给常老板看病抓药的是一个从外地来开业的老中医,听说常老板中毒而死,也以为是自己从小贩手里批来的药材有问题,吓得把诊所里的药全毁了,然后逃之夭夭。这样,警方更加相信自己的推断,案子就这样了结了。

有惊无险之后,阿丽便满心欢喜地等着继承遗产。但她万万想不到,结果等来的却是法院的一纸查封令。原来阿丽不知道,常老板生前是做西药生意的,曾先后开过五个地下制药厂,不久前有两个病人因为吃了某医院开的假药致死,查来查去,最后查到了假药源头常老板这里。

　　事情曝光后,常老板的遗产全部被没收,人们都说他让假药毒死了是报应,只有阿丽真正明白个中缘由。阿丽不得不相信:老天不但长了眼睛,而且看得很清楚;之所以没有拆穿自己,是为了惩罚做假药害人的常老板。

　　回想自己这些年的经历,阿丽如同做了一个噩梦,一觉醒来,自己依然是个一无所有的打工妹。如果说和以前有什么不同,那就是她心里烙上了六个深深的大字:人在做天在看。

　　奇怪呀,这六个字从此就如同六窝小蚂蚁,在阿丽的身体里到处乱咬。不久,阿丽得了一种奇怪的皮肤病,浑身痒得难受,抹什么约都止不住,而且还经常头疼。

　　这天上班时,因为奇痒难熬,心神不宁,阿丽被飞转的机器绞去了一只手。老板丢给她五千元钱,说是让她好好回去养伤,实际上是把她辞退了。阿丽没有掉一滴眼泪,她认为这是老天对自己的惩罚,所以一分钱也不肯要。

　　阿丽不要钱,倒把老板震住了,老板想想自己厂里连一些必要的安全设备都没有,一旦事情捅出去,麻烦就大了,他怕阿丽去告,于是主动把钱加到一万元。可阿丽还是不要,老板越加,阿丽越是坚持。阿丽求老板别给,老板求阿丽收下,阿丽越不要,老板越是怕,就越要加,一直加到十万元。最后没办法,阿丽只得收下。

　　阿丽带着这笔钱回了老家,她不敢也不想用这个钱,就把它全部捐给了村里,用来修路、建学校,而她自己仍然住在原来的两间土坯房里。

　　这一来,阿丽成了村里最受大家尊敬和喜欢的人,她的事迹传遍了全乡,县长也来看她。可是这一切,丝毫也没有让阿丽的心情好起来,她一直难受极了,身上也痒得更厉害,全身都被抓得血痂斑斑,没一个好地方。

　　更让阿丽烦恼的是,村小学的阿朗老师疯狂地爱上了她,决心非她不娶。阿丽说自己结过婚,可阿朗根本不在乎;阿丽说,自己是残疾人,可阿朗说,残疾人更需要爱情;阿丽说,自己没文化,阿朗说,你有金子般的心呀!

阿丽痛苦极了,她不想害阿朗,误他的一生。在一个月光皎洁的夜晚,阿丽在阿朗面前伸出了被抓得斑斑驳驳的手臂,她对阿朗说:"我全身的皮肤,就像这手臂上的一样。"

阿朗惊呆了,阿丽以为阿朗会吓跑,但没有,阿朗的脸上露出非常非常心疼的神情。阿朗说:"阿丽呀,你真是太傻了,把那么多钱都捐出来,却舍不得留一点给自己治病。"阿朗紧紧地把阿丽拥入怀里。

阿丽再也忍不住了,哭着说:"阿朗,我……我不值得你这样啊!"她把自己害死常老板的事情一股脑儿地全说了出来。阿朗一听愣了,一句话也没说,转身就走。

阿丽蹲在地上,痛苦得把脸埋进自己的胳膊,泪水像泉水一样涌了出来。直到这一刻,她才明白什么是爱情,她才知道,原来自己心里也爱阿朗,而且是那么那么地爱。阿丽后悔极了:现在只有一只手,都可以养活自己,为什么当初有两只手的时候,却不好好过日子?为什么自己要做那么傻的事情?

阿丽哭累了,眼泪都哭干了,她想站起来,却觉得眼前一阵发黑,身子软软的。

这时候,背后有只手伸过来扶住了她,她回头一看,是阿朗回来了!阿朗采来了一大捧草药,这种草药阿丽也认识,小时候身上长痱子,外婆就是用这种草药煎水给她洗澡的,洗几次就好了。

阿朗说:"阿丽,用它煎水洗澡,肯定能治好你的病。"

阿丽摇摇头:"我刚回家时洗过很多次,没有用的,我曾经擦过很多种药,都没有用。这种病是治不好的,这是老天给我的报应。"

　　"不,阿丽!"阿朗的两只眼睛闪着灼灼的光,"听我的话,你的病不在皮肤,而在心里。如果老天真的长眼,他看到你后来做的一切,肯定会原谅你的。不信你再试一次,老天肯定已经原谅你了。"

　　"真的会吗?"阿丽将信将疑地望着阿朗。

　　阿朗坚决地朝阿丽点点头,说:"造假药的人最可恨,常老板是他自己该死,他死有余辜。你已经受了这么多的罪,你又为村里做了这么多好事,老天如果还不原谅你,他就不配做天。"

　　真奇怪,这天晚上,阿丽用那种草药煎的水洗澡,很舒服,晚上睡得很香。她身上一点都不痒了,那些血痂一层层地掉下来,皮肤重新变得又白沽又光滑。阿丽太高兴了,真的,老天真的原谅自己了!

　　第二天,阿朗陪阿丽走进了公安局的大门……

(阿　辞)

(题图:魏忠善)